大洪水

（上）

Kenji NAKaGamI

中上健次

P+D BOOKS

小学館

目次

第一部

第1章

樟の木の若葉を通して、光が開けた窓から入って直接、顔に当たり、その光に揺さぶられるように鉄男は夢から醒めた。

鉄男は瞼《まぶた》を開けた。甘い夢の感触が眼窩《がんか》の奥にあった。樟のセルロイドのような若葉が風に揺れるのを、眼にはっきりと映るそれが形を失って消えていく夢の続きのように見つめ、体を起こした。

この何年か、眠る時は素裸か、それに近い状態になるのが習性だった。

胸に映った外の青い若葉の翳《かげ》りが微かな風にさえ動くのに眼を移し、次に、女の抜け出た分だけ空いたベッドのむこうの、サイドテーブルに置いた籐籠の林檎を見る。

昨日はなかった。一昨日もなかった。

籐籠に盛られた大ぶりのつややかな林檎は、目覚めたばかりの鉄男の欲望を挑発するように赤い。

鉄男は林檎の赤に誘われるまま腕を伸ばして盛り上げられた一等上の林檎を一つ取る。磨きもしなかった。鉄男は音を立ててかじった。

林檎を半分ほどかじった時、女が部屋のドアを開け、顔を上げた鉄男の眼を見つめながら近寄り、「起きてすぐ、林檎？」と言う。

鉄男は芯の部分も頓着しないでかじる。噛む音も呑み込む音も何もかも聞こえる。女はベッドの足元に立つ。女は鉄男の眼の中から心の動きを読もうとするように見つめたまま、「この三日間で五十人ぐらい子供産めるんじゃない」と笑いもしないで言い、腕だけのばして鉄男の掛けていた毛布を引き下ろす。開けた窓から入って来る樟の若葉の翳りが、鉄男の素裸に刺青のように映る。

鉄男は「食べるか？」と訊いた。女は返事をしないまま、鉄男の足元に固まった毛布をベッドの下にはたき落とし、ゆっくりとしゃがむ。

女は鉄男の足元のベッド下に跪《ひざまず》くようにしゃがみ、無防備に投げ出した鉄男の二本の脚のその足裏に額をつけ、次に唇で二つの土踏まずにキスし、口元だけでニヤリと笑う。「このわたしにこんな事させるんだから」女は急に屈辱に襲われたように立ち上がる。その動きのはずみのように、女は両の手で一瞬、スカートをたくし上げ、その下に何もつけていないのを鉄男に見せ、「三日前、朝からこんな格好でいるなんて思ってもみなかった」と言い、鉄男の脇に座る。

女は手を差し出した。自分にも一つ林檎を取ってくれと言うのだと思って籐籠に手を伸ばしかかると、女は「それ」と言い、鉄男のかじりかけの物をあごで差す。あと一口、二口かじれば終わりだとちゅうちょし、ふと悪戯心が起き、噛んでいるのをやると唇を突き出すと、女は鉄男の腹に手をつき、顔を差し出す。

鉄男はとまどったが、噛み砕いた唾の混った林檎を女に口移しにした。

女が鉄男の目を見つめながら、林檎を噛み砕き、呑み込むのを手伝うようにスカートの上から尻に手を当てる。呑み込み終わって、女は「まだ」と言った。

残りの林檎を鉄男は一口でほおばる。奥歯で噛みかかると、女は鉄男の動くこめかみと頬に歯を立てようとする。「もこもこと頬が動く」と女は言い、「ねえ、欲しい」と喉を鳴らすような声で言う。

「もうちょっと」鉄男は言う。

「欲しい」女は言う。

鉄男は二度、強く噛み、女に口移し、舌を差し入れる。女は鉄男の舌に邪魔されながら、まだ充分噛み砕いていない林檎を呑み込む。鉄男がこっちにまだ林檎の粒があったと唾液を女の舌に送ろうとすると、女は不意に力を抜き、唇を離し、鉄男の顔を見る。

「本当にこんな事、養護院で教わった?」鉄男は女に笑いかける。「こんな事、あそこの女の人、教えるの?」「ああ、そうだよ」鉄男は言う。「夜になると、一生懸命、教えてくれる」

「すごい養護院ね」「ああ」鉄男はいかにも自分の話した事が全てつくり話だと女がはっきり分かるように、なまくらな返事をした。

女の部屋に来た一日目から鉄男はつくり話をした。というのも、いままで出喰わした女の全部、鉄男の過去を知りたがった。過去など知った事ではないと口をつぐむと、女は不満になり、鉄男をうさん臭がった。それで、三日前に出喰わした蓮っ葉な女には、出喰わす直前に電車の網棚から拾って読んだ新聞記事を元に過去を作った。

父親がどんな男でもよかった。だが、生後一日か二日で赤ん坊を棄てるのだから、母親になる女には条件が要った。

大昔と違い堕胎の術の進んだ今では、産み落とすに足る月日まで腹の中で抱えるには、だらしなさや鈍感さが要るし、妊娠の苦労を耐える強さや優しさ、その赤ん坊を棄てる為には冷酷さが要る。

捨て子だったという鉄男の母親には、場末の安キャバレーで働く愚かで薄幸な女か、性を覚えたが、その後の事に知恵の廻らない中学生が似合った。新聞の記事の捨て子は駅のコインロッカーの中にいた。

鉄男は銀行の前に置かれた箱の中に入っているのを見つけられた。「金男《かねお》と名前つけようと思ったけど、がっしり鉄のような男に育てと思って鉄男《てつお》にしたって」鉄男がそう言うと、女は疑いもしないで、「ふうん」とうなずく。

女に一旦、鉄男が捨て子だったと納得させれば、後は訳もない事だった。偉人の伝記のように、一歳刻みに細部を積み上げればよい。地方によってばらつきがあるわけではないから、この国では六歳で小学校に入り、十三歳で中学に入り、十五歳で卒業すればよい。ただ捨て子の鉄男は十歳で養護院から奇特な魚屋夫婦の元に里子に出たとなっている。

小学校の高学年と中学二年までの五年間、魚屋の里子になって暮らした。中学二年の時、里子先から養護院に舞い戻ったのは、鉄男自身のせいだった。盗みを働いたのではなかった。魚屋の手伝いをして金をチョロまかしたのではなかった。

自分を銀行の前に捨て子にした母親の放蕩な血のせいか、それとも母親に種を提供した父親の、馬でも雌と見るとのしかからないではおかない、種をばらまいて廻る衝動の血か、鉄男は十四歳で魚屋の背丈を越し、体のどこをとっても、少年と呼べる具合ではなくなった。

十三歳、十四歳で並みの若者を寄せつけない体軀になり、ひとりで遊ぶ性の喜びも覚えた。部屋が臭い、体が男臭い、といわれていたある時、魚屋の妻が風呂に入っているのを知らずに開けてしまった。

鉄男は自分の本当の体験を重ねて、話を作った。

鉄男は金縛りになったのだった。意図して風呂の戸を開けたのではなかったが、見たいと思っていたのも確かだった。どう言えばよいのか混乱し、金縛りのままでいると、金切り声を上げた女が、「背中を流してくれる?」と声を掛けた。

鉄男の服は女が脱がしてくれた。

唇を吸うので鉄男が吸い返すと、女は「本当に初めて?」と言った。

鉄男は養護院で若い女教官からいつもキスしてもらっていたと言った。

「本当? こんな事、あそこの人、教える?」後になっても、女はキスをするたびに言った。

女は鉄男の養護院の話を信じているふうではなかったが、里子の身を解かれ養護院に舞い戻らなければならないくらい、子供の頃から体が図抜けて大きく、体力があったという鉄男を分かるというように、鉄男の眼を見る。女に体半分のしかけられたまま、手をのばして籐籠から林檎を取った。胸の筋肉、腕の筋肉が物を呑み込んだ蛇の腹のように動く。

「刑務所にも入ってたの?」女は言う。鉄男は女に頭を振る代わりに、女の首に腕を廻して林檎をかじる。わざと音立てて嚙み砕き、女の唇に唇をつけ、口の中に押し込んでから、「すれすれの事はやったけど、放り込まれた事はない」と言い、嚙み砕いた林檎を呑み込む喉の音を聞いて、女が鉄男のどんな要求でも聞くと思う。

鉄男は女のスカートのすそから手をのばす。鉄男の手が内股にすべり込むと体を微かによじる。女は林檎の匂いのする息を吐く。

第2章

鉄男の胸に置いた女の手に力がこめられる。女が体を浮かし、鉄男の手がのびて内股を開く。口の中にまだ林檎の破片が入っている。

鼻孔を膨らませて呼吸し、鉄男の指がそこにたどり着くと、女は口を開ける。声と共に林檎の匂いがまたする。

指が女の濡れた中に入りかかると、女は確かめるように鉄男の目を見つめる。

鉄男が見つめ返すと、女は「白眼の部分が青っぽく見える」と言い、鉄男の指が二本、自分の体の奥に入っていくのを耐えるように黙る。「青く見えるから齢が分かんない。若いってだけしか分かんない」「二十六歳」鉄男は言って、物を言うなと言うようにキスをする。

女は鉄男の唾液と共に口の中にある林檎のカスを呑み込んだ。唇を離すと、唾液が糸を引いて垂れ、鉄男のあごに切れて落ちるのが見えた。女は鉄男のあごを指でぬぐった。それで急に思い出したように、「服、揃えといたから」と言う。

女は鉄男の指の侵入を拒むように内股に力を込め、閉じて、鉄男の手を振り払うように身をよじる。

「姦《や》らないのか？」鉄男が言うと、女は鉄男の鼻頭を指で弾く。「姦らないよ」女は言う。女は鉄男の腹に手をついて身を起こし、まくれ上がったスカートを揃えた。

女は起き上がる鉄男を見て笑い出した。「この間まで、こんな下品な言い方するなんて思わなかった」鉄男は「下品」とつぶやく。女はその言葉に応じるようにスカートをまくり上げ、裸の下半身をさらす。その女に起こしてくれ、と両手を差し出す。「何？」女は聞く。

「起こして欲しい」鉄男が言うと、「厭」と首を振り笑う。

「そんなとこ大きくなってたって私の責任じゃない。どうせ養護院の女教官や魚屋のお母さんにもそう言ったんでしょ。昨日も、一昨日も、引っかかったけど」

「違う。ただ起こして欲しい」鉄男は女の顔を見て、両手を差し出す。

「いや。これ以上すると違った形になってしまう気がするから、厭」

女の顔を見つめる鉄男の視界に風を受けて揺れる外の樟のセルロイドのような若葉の翳りを映している自分の下半身が入っている。

鉄男は立ち上がる。女は素裸の鉄男を見て、気後れしたように、後ずさりする。

二階の広い窓をおおうように枝を広げた樟の翳りは、鉄男の全身に刺青のような彩りをつくる。

女は二時から人に会うから、まずシャワーを浴びろと言った。鉄男は女に案内されてバスルームに入った。バスルームの洗面台の前の棚は、一目見ただけで、女には男がいると分かった。替え刃のひげそりがあり、クリームがあり、男物の整髪料、ムース、コロンがある。

バスタオルの棚には明るいピンクと対の明るいブルーのハンドタオルやバスタオルセットが畳んで置かれていた。

鉄男は直接、石鹸を体につけて泡を立て体を洗った。ガスバーナーの力が弱いのか、急に熱湯になったり、水のままのようになってしまうシャワーに困惑しながら、体を洗い終わった後、こだわりなく男物のシャンプーを使って、髪を洗った。バスルームのドアを開け、女が入ってきた。

女は男物のシャンプーを使って髪を洗っているのに気づき、打ちあけるように、「そのシャンプー、長いこと放ったらかしてたから、腐ってなかった?」と声を掛ける。「腐ってない」鉄男はそう言ってから女をなだめるように、「養護院でも、魚屋でも、使ってたから、分かる」とつけ加える。

女は上手な嘘をついているというように笑い、「子供の頃から養毛剤入りのシャンプー使ったの」と笑う。

「頭の地肌がすっとするのな。ちくちく刺激する。こそっと大人のを盗むのさ。養毛剤入りのシャンプー、持ってる本人は盗まれて使われているの、ひとつも気がつかないの」「何の話してるのよ」女は笑い声だが、鉄男になじられているように感じるのか、苛立っている。女はシャワーカーテンを開けた。

その時、シャワーが突然、水のような湯に変わる。鉄男が冷たさに身をのけぞらせると、女は「熱くなった？」と訊く。「水」鉄男は答える。

シャワーが湯に変わるのを待ったが、いつまでも冷たいままなので、鉄男は水でリンスをし、すすぎ、出た。

ピンクとブルーの対のセットになったバスタオルを使うのに気が引け、「タオル欲しい」と言うと、女はクロゼットの中から男物のジャケットを選び出しながら、「いいから、そのブルーのタオル使って」と言う。

「もう随分前にいないんだから。帰ってなぞこないんだから」女はそう言って、ジャケットを二着持ったまま、クロゼットの扉を開け広げる。

中にぎっしり男物の服がかかっている。「見てよ、これ。何着あると思うの。男のくせに私より服の数、多い。スーツでしょ。ジャケットでしょ。イブ・サン・ローランだ、タケオ・キクチだって、DC・ブランド物ばかり。男が着飾ってどうするというの」「養毛剤の入ったシャンプー使ってるって言うから、彼氏、オジサンだと思った」鉄男はブルーのバスタオルで体を拭きながら言う。

女は鉄男を見る。「極端に毛を気にしていたのよ。お父さんもおじいさんもはげていたって」女はつまらない会話をしていると、ふんと鼻を鳴らし、手を振り、二つのハンガーに架かったジャケットをかかげ、「どっちが趣味？」と訊く。

二つ共、派手だった。一つは縦縞、一つは格子縞。どちらでもよかった。

鉄男は縦縞と言った。「あら、そう」女は怪訝な顔で鉄男を見る。「格子縞の茶系統が似合うと思ったんだけど」女は言い、それから鉄男が選んだ縦縞のジャケットを鉄男の裸の背中に合わせ、「この手の大きめのやつの」とつぶやく。

女は下穿きから靴下まで、クロゼットの中から引っ張り出し揃え、汗が引いた鉄男に着けさせた。鉄男は見知らぬ男の物を素肌に着けるのを頓着しなかった。

女の言うままに服を着て、男が使っていたという鏡に自分を映しても、それが、三日前、女の前に姿を現した時と何ら違っていないと思った。

女は鏡に映った鉄男を見て、「何かあの人、戻って来たみたいな気持ち悪い感じがする」と言う。女は鉄男の顔を見つめた。「厭な気する？　嫌い？」女は聞く。

鉄男は首を振る。

「これ、人の物でしょ?」女は聞く。

鉄男はうなずく。

「このジャケットでこのシャツで外へ出てばったりこの服の持ち主に会うかもしれないし、ひょっとすると、この服の持ち主、死んでるかもしれないじゃない」

鉄男はゆっくりと首を振る。

「俺は何着たって俺だよ」

「そうなんだけど、たとえば、この服の持ち主、私が殺していたとしたらどうする……この服の持ち主、もうはっきりと分かる。私の夫か同棲してた男かって。人は皆、私があの人に棄てられたと思ってる。あの人は家出した。忽然と蒸発した。あの人の仕事、何だと思う? 髪結い。驚きでしょう。ヘア・デザイナー。洋服どっさり持ってるの何となく分かるでしょう。結構、はやっていたのね。シャレ者だし、ちょっとハンサムだから、客にも人気もあった。ヘア・デザイナーって誘惑が多いのよ。女相手の商売だから、それを嫉妬して私が殺してしまった。でも、表向きの筋は、あの人は私を棄てて忽然と姿を消した。気持ち悪くない?」

鉄男は首を振る。

「死んでたって生きてたって、俺は俺だから」

「でも、死体がこの部屋のどこかにあったらどうなの?」「あるはずない」鉄男は言う。その鉄男を女は見つめ、笑い、「強いのね」と言う。あれも強いって言ってくれと冗談を言おうとして止め、鉄男は何げなしにジャケットの胸ポケットをさぐった。

名刺が一枚出て来る。女に渡すと、眺めてから、突然、破り、ハンドバッグの中から自分の名刺入れを取り出す。

ビューティサロン・サンピエール・セキグチ・マリとある。「言ってた話、嘘じゃない気するでしょ。セキグチ・ジュンという名が旦那様の名。その姿を消した旦那様の後の店、いまやってる」

第3章

鉄男は今一度、名刺の名前を確かめた。セキグチ・マリ。鉄男は女に名刺を返した。女は何気ない鉄男の振る舞いに戸惑ったように、「あら、どうして?」と訊く。

鉄男の方が何故、名刺を返した事を問われるのか心外だと思って、女を見ると、女は一人で納得したというように、「そうよね」と言う。

「名刺一つなんかで言ってること、本当かどうか信じられないわねェ」

女は鉄男から受け取った名刺をハンドバッグの中に仕舞う。女は着替えるからそこで待っていてくれと言った。

部屋のドアを閉めかかる女に「外?」と訊くと、女は一瞬うろたえ、気弱な表情で、「どこにも行かないで、そのベッドに腰かけてて」と言う。

鉄男は女から眼を移し、鏡に映った自分の眼を見る。

「そばに居ないと、あんたもふっと居なくなってしまいそうな気がする」

「俺が居なくなるってか」鉄男は鏡の中の自分に問うように言う。

鉄男は女の要求するとおり、先ほどまで裸で眠っていたベッドのへりに腰かけ、待った。開いた窓を覆い包むように樟の若葉がある。

微かな風にさえ、葉ずれの音を立てて揺れる。風が吹くと予潮のように梢はたわみ、風が擦り抜けるように、枝が揺れ、葉が震える。葉ずれの音が止むと、林檎の匂いがした。

セルロイドのような小さな若葉が一斉に鳴りはじめると、鉄男が翳り、女が唾液と共に呑み込んだ林檎の匂いが消えた。隣の部屋で立つシャワーの音も物音も、鉄男の欲情が湧き上がる音のような気がする。

小一時間たって女が部屋のドアを開けて出て来、ベッドの端に腰かけたままの鉄男を見て、「ずっとその姿のままで待ってたの?」と訊く。

鉄男は女の思いがけない言いように苦笑し、「養護院でも魚屋でも、そうしたからな」と答え、女の次の言葉を封じるように立ちあがる。

「誰に会う?」鉄男は訊く。女は立った鉄男を不安げに見る。

「白眼が青っぽく見えるから、影になっていると、眼で刺されているようにきつく見える。どんな嘘言ったって全部、お見通しだって。どんなドレス着たって中身は透けて見えるって」

女は鉄男の腕に腕を絡める。

「あんたを見た三日前から仕掛けたの」女はへっと笑い、悪戯をする子供のように舌を出す。

「仕掛けって言えば、三年前からね。もちろん、そう言うなら、無意識の頃からなら、ずっと前」

「何の話?」鉄男が訊くと、「獲物をやっと捕まえたってわけ」と女は、その獲物とはお前だ、というように、腕をつねる。

二階から外階段を使って庭に降りた。女は下の部屋に鍵をかけてくるから待っていろと言う。大きな樟は庭の真中にあった。隣の敷地いっぱいに建てた家の板壁の味気なさを隠すように、庭の端に梅檀《せんだん》の木が、三本、植えられ、淡い紫の花をつけている。

草花が少なく木の多い庭だと見て、庭の真中に大人の腕で一抱えほどの切り株があり、辺りに落ち生えが、まるで苗床のようにひしめきあって葉を出しているのに気づいた。

葉はどの木の物とも違った。

鉄男は、ひしめきあう落ち生えの一本を抜こうとした。葉の繁みの間をさぐって茎をつかみ抜こうとするが、根が地中深く張っているのか、動かない。落ち生えの全てが育つはずがないと言い訳して、根が切れるのを覚悟して力を込めると、根のからみあったひとかたまりの落ち生えが抜けた。

いずれも根と根が絡みついて相手を凌駕し、相手の養分を吸い取って育成するような落ち生えの根の醜悪なほどのたくましさに感心して見ていると、女が何を急いだのか、呼吸粗くそばに立ち、「夏芙蓉の苗」と言う。

「蛇かなんぞ絡んでいるような根」鉄男が根に触れると、「捨てて」と言う。

鉄男がちゅうちょすると、女は「ちょうだい」と落ち生えのかたまりを取り、しゃがんで元の位置にぽんと置く。

「文句言いっこなし。皆な平等」落ち生えに言いきかせるように独りごちる。

女はしゃがんだまま、鉄男を見上げ、「夏芙蓉って知ってる？」と訊く。

鉄男は黙っている。女は立ち上がる。「変な木なの。ここに一本、夏芙蓉の木があったの。この辺りでも目立つくらいの大きさ。五、六年くらい前からずっと花の季節になると、頭が痛くなる。この夏芙蓉が、原因かもしれないと思うけど、何にも出来なかった。人に訊くと、夏芙蓉なんか庭木にするもんじゃない、と言う。元々はサルダヒコとか神様祀った辺りとか、山の上のあたりに生えている木だって。その山も普通の山のじゃなく、天狗とかエンの行者の伝説のあるような山」

女は鉄男の眼を見ながら言う。

「頭が痛いのよ。花の匂いも強いし。蜜があるから、小鳥が大群で来て、朝から晩まで騒ぐし。あの人に木を斬ってくれって頼んだ。あの人だけじゃない。力あって迷信なぞ気にしないような男の人、見つける度に、斬ってと頼んだ。誰もが、いやだって言う。このあたりに一人、馬鹿の大男がいるのよ。その馬鹿に、金でも体でもあげるって頼んだけど、バチが当たるって逃げられた」

「この庭の持ち主の旦那様が斬ったのか？」

女は首を振る。「私」女は言う。

女は頭の痛さに耐えかねた。覚悟して、チェンソーを借り出して花の盛りの夏芙蓉を斬った。不思議な事は幾つも起こった。庭が急に明るくなった。庭木のことごとく、活力が漲り、大きく育った。不思議なのは、夏芙蓉の落ち生えだった。

親木が空高く枝を広げていた頃、種が落ちても、庭のどこにも落ち生えは一つだに見えなかったのは、三カ月もすると、庭一面を覆うほど、芽吹いた。

女はその一つ一つを抜きにかかった。悪夢のようだった。夏芙蓉の芽は抜いた後にすぐに出た。悲鳴を上げていた頃、夏芙蓉は放っておくしか手がないのだ、と教えてくれる者がいた。

落ち生えの根と根葉と葉が絡み合い、強い落ち生えが弱い落ち生えを殺し、養分にし、やがて一本の木だけ残る事になる。

女は「ほら、見て」と切り株の周りの落ち生えを言う。

「遠くからどんどんせばまって、いまそこだけ。おそらく、あんたが抜いたあたりが、落ち生えの中で一番強いのよ。親株の根が腐った頃、そこに根を差し込んで養分を吸って、他の木生えないように毒のような物を出す」

女は指で落ち生えのひしめくあたりを差して丸を描く。丸は歪み、楕円になる。鉄男はその指が描いた形から棺桶を想像する。

「養分か」鉄男はつぶやく。女は笑う。「あんた、何を考えているか、分かってる」女は鉄男の腕をつかむ。

「三日前、ここに連れられて来て、何も信用出来ないと思ってる。夏芙蓉の話なんか、全然、信用できないって」

女は鉄男を見る。

「いま、さっき、根っこが蛇みたいに絡んでるって、自分が言ったばかりじゃない」「ああ」鉄男はうなずく。

「あの根っこは絡み合って相手を殺す毒出しながら、親株の根が腐るのを待ってるの。それとも、わたしの殺した旦那様の死体があそこに埋まっていて、あの落ち生えの根っこたち、絡まり合って、死体の腐るのを待ってるって言うの？」

「そうかもしれない」

「そうかもしれないね」女は鉄男に笑いかける。

待ち合わせ場所だというデパートの屋上に従いて行き、パーラーで待っていた相手が、真夏でもないのに日傘をさした、肥った奇抜な化粧の女なのに鉄男は驚いた。肥った女は日傘をくるくる廻し、女と鉄男に「こっち。こっちよォ」と手を振る。

「なんだ、あいつ」鉄男がつぶやくと、女は「ごめんね」と言い、早足で「こっちッ。こっちッ」とぬいぐるみのような手を振る肥った女の方に歩き、丸テーブルの前に着くなり、「今日も綺麗だわねェ」と思ってもみないような事を言う。

その時、チョコレートとバニラの二色が絡まり合って、器の中でとぐろを巻いたようなアイスクリームを、女店員が運んで来て、肥った女の前に置く。

「ありがと」肥った女は言い、こぼれるほどの笑いを顔にたたえ、「マリとジュンだって素適よォ。いつも素適」と言う。

女はしかめ面のまま椅子に座り、鉄男に座れと椅子を動かす。

「素適ねェ。ハンサムだし、優しいし、ジェントルマンだし」肥った女は鉄男に微笑いっぱいの顔で言い、次に女に、「どうしてかしらねェ。ネックレスもイアリングも素適。もう最高のカップル」と言う。

「何、言ってるの。今日のわたし、ネックレスやイアリングしてる？」女は憤慨した口調で言う。

「それに、この人、ジュンじゃないわよ。ちゃんと見て。この人は別な人。鉄男さんて言うの。ジュンなんか殺して埋めちゃったわよ」肥った女の顔の微笑が曖昧になり、崩れていく。

「あら、そうなの」肥った女は言う。

「ネックレスとかイアリングとか素適だったじゃない。ジュンだってすてきだったじゃない」

「エリさん、今日は素適でしょ。今日なのよ、今日」女は言う。

肥った女は曖昧になり崩れた微笑を顔いっぱいにゼンマイ仕掛けのように作り直し、「今日は素適なのよねェ」と言う。

「そうよねェ」女は肥った女と同じようにこぼれるほどの微笑を浮かべて言い、「全部、持って来た？」と訊く。

「何でもいいの。何もかもよ。登記証も預金通帳もカードも。わたしカードだけで十三枚、集めた。DCもVISAもAMEXも。色々」女が言うと、肥った女は初めて真顔になり、「その手の事は、まかせて下さいな」とぬいぐるみのような拳で、肉で盛りあがった胸を叩く。

粗い息を吐きながらテーブルの下の白のハンドバッグをつかみ上げ、留め金をあけ、逆さにする。クレジットカードが三十枚ほどテーブルの上に散らばる。

肥った女は白のハンドバッグの底をポンと叩き、「世間の人、肥った詐欺師はいないと思うのかしら」と鉄男を見る。

初めて鉄男の顔を見たように「あら、ほんと、この人、ジュンじゃないわ」と驚く。

第4章

「でしょう」と女は肥った女に相槌を打った。トンチンカンな女だと鉄男に顔をしかめてみせ、事もなげに、「これから覚えておいて。ジュンはわたしに殺されてこの世にもういないんだから」と言い、水の入ったグラスを二つ、灰皿一つを運んで来た店員に「アップルジュース二つ」と頼む。

店員は、肥った女がぬいぐるみのようにぷっくりふくれた両の手ですくいあげ、じゃらじゃらと音させてこぼすクレジットカードの山に度肝を抜かれたように、「アップルですか？」と声を詰まらせて訊き直す。

女は店員の顔を見る。「そうよ」

店員は女に叱られたように、「はい」と答え、売店の方へ行く。女は店員の後姿を見て、ニヤリと笑った。

「アップルですか？」と訊き直されて、今朝の事、あの娘にのぞかれていたと思ったわよ」

「アップルって？」

「林檎の事よ。何か記憶に引きずっているのかしら」

鉄男は曖昧に笑う。鉄男たち三人しか客のいないデパートの屋上のパーラーだった。その土地を仕切る壁のように立ちはだかる山々が植えられてある杉の一本一本まで鮮明なほど近く見えた。

その土地に降り立った時、駅の案内図で一等高い山、次の山に物々しい名前がつけられていたのを見たが、忘れてしまっていた。風が吹いた。肥った女がたたみもしないで椅子の脇に放り置いた日傘がテーブルとテーブルの間を走る。肥った女が声を上げて立ちあがりかかる。

風が山の方からまた吹く。今度はテーブルの上にばらまいたクレジットカードが、床にばらばらと飛ぶ。女は腕で飛びかかるクレジットカードを抱えこむようにおさえ、日傘を追いかかる肥った女に、「それよりこっち」と言う。肥った女は決定的な失敗を指摘されたように「えッ？」と立ちどまり振り返る。

女はクレジットカードを白いハンドバッグに仕舞いはじめた。肥った女は床に飛んだクレジットカードを拾うべきか、微かな風にさえずるずる動く日傘を追うべきか迷い、金縛りになったまま女を見て、「昨日、あなたが日射しの強い暑いところに行くと言うから、買ったのよ」と言う。

「あら、そう。よかったわねェ」女は両手でクレジットカードをすくい、白いハンドバッグに入れる。

「昨日しか時間がなかったから、大急ぎで支度して買いに行ったのよ」

「あら、そう」女は肥った女の言葉に誠意のない相槌を打ちながら、しゃがんで床に飛んだクレジットカードを拾う。「もう全部拾った？」と鉄男に訊き、鉄男がうなずくのを見て、「そんなに大事な日傘だったら拾って来たら」と肥った女に言う。肥った女は金縛りのままだった。眼に涙さえ浮かべていた。

「放っておくと風が吹いて飛んでいっちゃうわよ。ここの風はすごいんだから。あの山から吹いて来る、て言うでしょ。天狗が飛んで来る風だって聞いてるでしょ」「だから怖いの」肥った女の眼の下に一粒、涙の滴がくっつく。

「あなたにもジュンにも、言ったでしょ。わたしは怖いって。子供の頃から、ずっと怖いんだって、ここが。薬飲んだっておさまらないわよ。薬、ずっと飲んで肥っただけ」

「あら、そうかしら」女は椅子に座り直す。「アイスクリームとかケーキで肥ったんでしょ。このパーラーで会いましょうと言ったの、あなたじゃないの。そのバニラとチョコレートの大きなアイスクリーム、あなた大好きだから、風吹いてくるここで会いましょと言い張ったんでしょ」

「怖いから他所へ行きたいし、怖いからアイスクリーム食べてる」肥った女は言い、椅子に座ろうとする。

「あら、日傘は？」女が言うと、肥った女は、「そうそう、大事な日傘なのよ」と何事も一切なかったと言うように、小走りに踊るような足取りで日傘を拾いに行く。その後姿を鉄男が笑うと、「少しイカれてるけど、悪い人じゃないの」と弁解し、鉄男の腕に手を掛け、「ごめんね」と言う。「いいよ」鉄男は答える。

「何が何だか分からないけど、どうせ、どこにも行く所ないから、どう転んだってかまわない」

「そう。わたしも、どう転んだってかまわない」女は顔を上げる。店員がアップルジュースの入ったグラスを持って来る。

女は一口、ストローですする。林檎の匂いが立つ。

「あの人、精神病院に入れられていたの。さっきも言ったでしょ。薬飲んで肥ったって。精神病の薬。でも、それだけは、わたしは嘘だと思う。これから、あの人、見てたら分かるけど、肥る理由、別にあるわよ」

女は日傘をくるくる廻しながら踊るような足取りの肥った女を見て、くすっと笑い、「トースターにバターをべったり、次にイチゴジャム。その上に砂糖を隙間なくまぶす」と言う。肥った女は椅子に座る。日傘を廻しながら、「マリって薄情ね」と言う。「ジュンがいないと分かったら、さっさと忘れて、別の恋人を見つけて楽しんでるのね」

「そう」女は言う。

「ジュンが可哀そうじゃない」

女は「いいえ」と笑う。

「ジュンはそれでいいの。ジュンはわたしに殺される理由あるの」「本当に殺したの?」「そう」「殺して埋めた?」

「何度も言うけど、殺したわよ。だから、素適な恋人見つけた。これから、ジュンのこと忘れる」女は真顔になる。

女は椅子に座り直す。

「いい事? これからジュンの事、忘れて。あなた、この土地、怖いでしょ。山から風に乗って天狗が来て、いつも暴行されるんでしょ。あなた、精神病院の中で妄想におびえて、叫んで廻っただけ。わたし、見てる。最初は痛いってわめいて、泣きつづけて、そのうちエクスタシーになるの。あなた、あなた、わたしの妄想、見てるでしょ。体中、ジュンの血だらけ。幾ら洗ったって駄目。でも突然、わたし、変わったの。いつからって？　今日から」

女は鉄男を見る。女の顔に翳りが走る。鉄男が眼を見つめると、女の顔は徐々に明るくなる。

「違う。三日前、この人が店に髪を斬りに来てから。あなたキリスト教徒じゃないわよね。わたしも違う。キリスト教の事なぞひとつも分からない。でも、椅子に座ったこの人の顔、鏡で見て、ヘンな気がしたの。この人、鏡の中のわたしをじっと見詰めていた。何か、分かったような感じがしたの。髪に触り、どうするんですか？　と尋ねて、短く詰めて欲しいと言うのを聞いて、その通り髪を斬っていて、この人は普通の人じゃない、神様か天使で、わたしが精神病院を出たり入ったりして、妄想に苦しんでいるの、救《たす》け出しに来てくれたと思ったの。頰に手が触れると暖かい。膝かけの手に触れると、わたしの手を握り返してもくれる。その時から、変わったの。今朝、この人は林檎を齧っていた。それから、わたしはシャワーを浴びた。長い時間かかったの。というのも、わたしの体中から、ジュンの血の匂いしてる気がしたの。洗っても洗っても取れないので、仕方なしにあきらめて外に出て、この人がじっと同じところで待っていてくれたの見て、妄想が取れた。匂いが消えたの。この人、この方が神様なのよ」

「あらッ。そうなの？」肥った女は鉄男に訊く。

「神様だって？」鉄男は女に尋ねた。

「神様なのよ」女は言う。

「ねえ、神様の眼からは二人の精神病院で知り合った女、どう思う？　単に頭がイカれてるだけだと笑う。哀れみを感じてくれる？」

「分かんない事だらけだよ。イカれてるのか、イカれてないのかも分かんない」

女は首を振る。

「イカれてない。狂ってなんかない。だから二人で相談して、この土地にいると駄目だから、どこか遠くへ行ってしまおうと計画してたの。ここから逃げる為に、お金が要ると思って、わたしは客や親戚から、ＡＭＥＸやＶＩＳＡやＭＡＳＴＥＲ　ＣＡＲＤを借りまくったの。この人もそう」

「わたしは新規カードに切り替わるからって、紙切れと交換に詐欺した」

肥った女は言う。「新規カードはサインがローマ字でなければ使えなくなるって偽って」

肥った女が白いハンドバッグの中からＡＭＥＸとＶＩＳＡの二枚、取り出し、「イケダ・サダオ。ミズシマ・イイチ」と名前を読みかかると、女は「あ、そうそう」と、手元に置いてある小さなバッグを開け、のぞき込む。

財布を取り出し、並べて入れたカードの束の中から、ＡＭＥＸのゴールデンカードを一枚、抜き取る。女はハンドバッグの中から手帳を出す。白紙を三枚破り、ペンを鉄男に渡す。

「難しいサインじゃないから、練習すればすぐ出来る」女はゴールデンカードの裏側をかざして名前を読む。

jun sekiguchi。

鉄男がちゅうちょすると、「いいの、あなたがジュンを殺したのだから」と言う。鉄男がとまどうと、「妄想を殺してくれたって事」と言い、肥った女に、「三人で色々な人のサイン練習して、買い物しましょうよ。神様に何か買って贈りましょうよ」と言う。

「あらッ、素適」肥った女はぬいぐるみのような手を叩いて言う。

確かに女が言うように、jun sekiguchiのサインは三度ほど書けば、そっくりになるほど簡単な物だった。女は漢字で後藤文子と書き、肥った女は山本さとみと練習した。鉄男は後藤文子を名乗る女と山本さとみを名乗る女に従われて時計売り場に行き、十パーセントのディスカウントで五十八万円の時計を、jun sekiguchiのゴールデンカードで買った。

「素適じゃない」女は言った。

「素適よォ。神様がローレックスはめてるなんて」肥った女ははやした。

「犯罪だよな」鉄男が言うと、女は「まだよ」と言う。「そのお金は、わたしたちの口座から落ちる。そのくらいのお金、入ってる」

「これからよねェ」肥った女は言う。

「そうよ。これから、わたしたちが罪をつくるの。罪をつくって神様を飾り立てる。最初は何がいい？　指を飾るもの？　服？　それともシャツ？　下穿きから？」

第5章

女は後藤文子とサインし、肥った女は山本さとみとサインして、たっぷり二時間かけて買物した。二人は神様の体を飾り立てる為に競いあった。

売場の店員が後藤文子を名乗る女にDCブランド物のジャケットを見せると、山本さとみと名乗る肥った女は「あら、こっちのほうが似合ってよ」とイタリアのブランドを言う。

「ほんと、素適」後藤文子は言う。

「でもこっちも若々しくて新鮮でいいじゃない。気取ってなくて、少しばかりドレス・ダウンな感じがあって」

「あら、そうかしら」山本さとみはジャケットを鉄男の前にかざし、少しばかりふくれっ面になる。

「色の取り合わせがシックだし、ちょっとしたパーティなんかだったら、はっとするわよ。渋目の方がいいのね」

山本さとみは「ねッ」と鉄男に相槌を求める。鉄男が虚を突かれ、とまどうと、「渋目の方がジュンの趣味だったじゃない」と言い、ジュンと呼ばれて一層とまどう鉄男に、「前からジュンはわたしとも深い関係だったのだから、分かってる」と言い、ジャケットに腕を通してみろと勧める。

店員が着せたDCブランド物のジャケットを脱ぐ。鉄男は山本さとみの勧めるジャケットを着る。

「ほら、素適」山本さとみは魔法が上手くかかって鉄男が変身したと言うように手を叩き、そのぬいぐるみのような手をのばして襟の乱れをなおす。

「もう他所に忘れてこないでね。何回も他所の女が、ジュンの忘れ物だって届けてよこしたわよ。その時はいつも、わたしは、そう、有り難う、御親切に、と言うけど、心の中で泣いてるの。わたしはジュンの愛人よ。その愛人の元にジャケットの忘れ物なんか届けてくるなんて。それなら本妻の彼女に言ってよ」

山本さとみは後藤文子の顔を見る。

「あの人」山本さとみはつぶやく。

「後藤文子」鉄男は女の名を言う。

「いいの、名前なんて。ジュンはわたしの物でだけ、あって欲しい。わたしもジュンも、いつも彼女におびえている」

「あら、いつからそんな仲？」後藤文子は言う。

「ずっと前から」山本さとみは鉄男の影にかくれるように立つ。

「こんな事を燈台下暗し、と言うのかしら。他の人に嫉妬してたわけ?」

後藤文子は笑う。ついでに、鉄男をからかうように「ジュン」と呼びかける。「わたしたち二人の仲を行ったり来たりしてたわけ? 二人を同時に愛したってわけ?」

「わたしの嘘だと言うの。デブのくせに思い上がってるって言うの? わたしが若くてハンサムな男の人から愛される事なんかない、そんな事は、全て嘘だと言うの」山本さとみはべそをつくり、後藤文子を見つめる。

後藤文子は山本さとみの言葉の真意をさぐるように見る。演技なのか、現実に肥った女とジュンの仲がそうだったのか、鉄男には分からない。山本さとみは肉を弾ませて体をくるりと回転させる。涙が頬に幾筋も流れている。

「ひどい」山本さとみは鉄男の顔を見上げる。

ジャケットを二着、ズボンを二本、それにシャツとネクタイ、ネクタイピンとカフスボタンを、後藤文子と山本さとみのカードを使ってサイン一つで買った。

次に立ち寄ったのは一階下の鞄売場だった。ここでも山本さとみが先に話を切り出した。

「この間の旅行は往生したのよ」山本さとみは店員がラゲージの金具を開けて説明しかかるのを遮り、鉄男の腕に腕を絡め、ぶら下がるふりをする。

「こんな感じ。へとへと」

「あら、旅行したの？」後藤文子が訊くと、「そうなの。香港」と言う。

「へとへと。わたしって肥って力がありそうに見えるけど、ないの。全然ないの。鞄、結構、大きかったのね。香港の行く先、行く先で少しずつ買物したの。塵も積もれば山となる、と言うの、本当。帰りに、鞄に詰めてみて、全然入らないのね、仕方なしに、ジュン、あなた紳士だから淑女の為に少し、助けてくれない、と頼んだの。それでも重いの。鞄の中味半分ほどにしてやっと持ちあがる」

「あら、あなたジュンと香港に行ったの？」後藤文子が言うと「あら」と口を手でおさえる。

「香港じゃなかったかしら、あそこ」山本さとみは鉄男を見て、「どこ？」と訊く。鉄男はラゲージを開けたまま肥った女の言葉の終わるのを待っている店員に苦笑をつくる。

「シンガポールだろ」鉄男はでたらめに言う。

「そうそう。あそこはシンガポールだった。素適な町。昼間はずっと歩きっぱなし。一体どこ歩いているのか分からないくらい。でも町のどこも、一度来た覚えがある気がするのね。若い素適なジュンに合わせて歩きっぱなし。細々とした物、買ったの、立ち止まりたかったから。休みたかっただけ。ジュン、ちょっとこの店に寄りたい、と言わないと、ジュンはどんどん歩く。歩くの、時々、苦しくなるの。体だけじゃないの。心もそうなの。心も苦しいの。痛いの。

はっきり思い出すの。あの人はイギリスの船長だった」

後藤文子は鼻白んでいるという顔で「あら、素適なお話よね」と言う。

「素適でしょ？」

「そう」後藤文子は言う。

「よくも勝手に人の彼氏と香港やシンガポールに旅行出来たわね」

「だから素適よ」

「あら、そうかしら」後藤文子は言い、鉄男にむかって苛立ちを言うように、「いい事？　この人、ずっとこの町から出た事ないんだから」と顔をしかめる。

鉄男は女のこらえ性のなさに笑い、「いや、本当に一緒に旅行した」と言う。

「そうなの」

「そうだよ」鉄男は言い返す。「ただ、シンガポールじゃない。マレー半島のあたり。僕はハリマオって名前だった」

女は笑う。「何、言ってるのよ。あなたはジュンでしょ」

鉄男は笑いながら首を振る。「いや、ジュンと言う名じゃない。俺はハリマオという名前」

「あら」肥った女は言う。「ジュンじゃなく、ハリマオって名前？」

鉄男は「ああ」とうなずく。ラゲージを開けたまま、説明の機会を失したように立つ店員に買うと伝え、「これで」と鉄男はＡＭＥＸのゴールデンカードを渡した。

「お買い上げですか？」店員は聞き返す。

「ああ」と鉄男は言う。

女と肥った女が、真顔で鉄男を見る。鉄男はニヤリと笑い、「俺がマレー半島のジャングルでハリマオと呼ばれてたの、知ってるだろ？」と言う。

「ハリマオと呼ばれていたの？」肥った女は訊く。鉄男がうなずくと、「素適じゃない。どうりでたくましい」と肥った女は言う。

鉄男はクレジットカードの領収証に横文字でサインした。

jun sekiguchi。

完璧だった。jun sekiguchiはハリマオよりはるかに現実味があった。サインし終わった領収証を店員に返しながら、鉄男は不意に思いつき、「一緒にハリマオの棲んでるマレーのジャングルに高飛びするか？」と訊く。

肥った女は即座に「素適」とぬいぐるみのような手を叩く。

「このラゲージあればどこへだって行ける」肥った女は微笑を顔いっぱいに浮かべ、鉄男を見つめ、また言い始める。

「シンガポールだったかしらマレー半島だったかしら、ジュンと腕絡めて歩いてて、孔雀の羽根、抜いてるお婆さん見なかった?」

鉄男は「ああ」と答える。

「どうするのって訊いても何も言わない。悲しかったのよ。ジュンが慰めてくれた」

「あら、そう、よかったわねェ」女はうんざりした口調で言う。

エレベーターを待ちながら、後藤文子を名乗る女は、ジュンの愛人役として当然のようなそぶりで鉄男の腕に腕を絡める肥った女に、腹いせのように、ラゲージを持てと言った。

「だから言ったじゃない。力が弱いんだって」肥った女は腕を絡めたまま、鉄男を助けを求めるように見た。

両手に鉄男の衣類の入った紙袋を持っている女は、顔をしかめ、小声で「神様、独り占めにしないでちょうだい」と言う。

「少しぐらいかまわないでしょ」

「触らないでよ。離れてよ。あなたがそうしてると、ジュンとの話、嘘だと思っても、我慢出来なくなる。殺したくなってくる」

エレベーターのドアが開いた。先に鉄男と肥った女が乗った。女は両手が紙袋で塞がっているので、ラゲージを足で蹴り入れ、エレベーターに乗り込んだ。

「この人、ジュンじゃないんだから」と女が肥った女に言いかかった時、どやどやと少年らが乗り込んで来る。少年らは五人。褐色の皮膚と顔付きからフィリピン人だと分かった。少年らは息を切らせていた。鉄男と二人の女を無視して、理解出来ない言葉でまくしたてていた。壁を手で叩く。ポケットから十円硬貨を取り出して壁をこする。肥った女は眉をしかめ、一層、絡めた腕に力を入れた。

第6章

鉄男も二人の女もエレベーターがグランド・フロアに着くまで無言のままだった。グランド・フロアでドアが開き、五人の褐色の肌の少年らが勢いよく外に飛び出した。その後に従いて外に出て、肥った女が「おお、厭だ」と肥ったぬいぐるみのような手で煽《あお》ぐような仕種をした。

「幾つぐらい、十六、七歳？　青くさい匂いがむんむんして、パルパルパルパルッ、パルパルパルッって分かんない言葉、早口で話すの。こっちからも、パルパル、扉の方からもパルパルッ。意味が分かんないから、話す子、眼で追うだけで、もうくたびれちゃう。せっかくのイギリスの船長の甘く哀しい記憶も、ジュンとの思い出も台なし。しゃくだったから、壁ひっかいてた子に、パルパルパルッって言ってやろうかと思ったわよ」

「何、それ？」女がデパートの玄関の方に歩きながら訊く。

「何って。何かしら?」肥った女が笑いながら言う。

「あら」肥った女は立ちどまる。「パルパル」小声でつぶやく。「あら、意味なんかないわよねェ。パル。パル。パル。何語?」

「知らないわよ」

「何語かしら。何語であの綺麗な黒い眼をした、カリカリ壁ひっかいて苛立ってた子に、わたし、物言おうとしたのかしら?」肥った女は笑う。

「いいわねェ。気楽で」女は溜め息をつく。「あなたって幸せよねェ」

「幸せなのかしら?」

「幸せよ」女はぶっきら棒に言う。「だから早く駐車場に行きましょ。わたし一人、荷物、持ってるのよ」

「ねえ、聴いて。わたし、幸せなのかしら?」

「後で聴いてあげるから、行きましょ」

「いいの。今」「いいのって……」女は不意に、大きな紙袋を肥った女の顔の前に差し出す。肥った女は条件反射のように鉄男の腕から腕を離し、紙袋を二つの腕で抱える。女はラゲージを鉄男の前に突き出す。

「そう。それでいいの。わたし一人、召し使いのように荷物持つんでなくて、あなたたち二人が持ってくれるなら、どんな込み入った話でも聴ける。なーに？　話してごらんなさいな。セラピストみたいに耳傾けてあげられるから」

「わたしって幸せなのかしら？」肥った女は紙袋を抱えたまま言う。

「幸せでしょ」「そうなのかしら？」

「だって、あの子たちと話出来ると思ったんでしょ」

「そうなの。パルパルパルッって言ってるから、まあ、何て意味の分かんない言葉でしょう、と思ったの。どうせ屋上のパーラーの下の、テレビゲームの話でしょ、と思ってたの。パルパルパルッ、パルパルパルッ。アイスクリーム買う金、なくなっちゃった。あッ、あの赤い包み紙のやつ。パルパルッ。簡単だよ。パルッ。何で？　パルッ。パルパルッ。何でって、そりゃ訳ないさ。パルパルッ。パル。そうだ、分かった。パルパルッ。パル。そうだろ、分かったろ？　パルッ。分かった。パル。何？　パル。いいか。パルパルパルッ。パルパルッ。パルパルパル。パパパパル。パルパルルルル。パパルルルル」

「何？」女は笑い出す。

「だから、こう言ったのよ。いいこと？　あそこのアイスクリーム屋、婆ァ一人だから、二人が奥に行って荷物をああだこうだと引っかき廻す。一人は店の外で見張りをする。残った二人が、持てるだけアイスクリーム持って隠す。壁をかりかり引っかいていた子は、外の見張り役やってやる、と言ってたの。わたしはその子に、ちょっとその音、止めなさいな、と言いたかったの。あなたたちの言葉をわたしたちが分からないってたかをくってるの。自分たちだけで、他人の迷惑考えないと言うなら聴いた事、みんな言いつけてやるわよ」

「幸せね」「あら、そうかしら」

「そんだけ、分かるのだから、いいわよ」

「でもエレベーターのドアが開くでしょ。あの子らは一斉に飛び出して行った。わたしって何？　わたし、パルパルパルパルッって声に出した途端、わたしの声が魔法を解く呪文のように、パルパルッて意味のない音なのに気づく。いつもそうなのよ。わたし、幸せ？　あなたはわたしがジュンと香港やシンガポールに行ったと言うの信じないでしょ。わたしは本当に行ったのよ。鏡の前に坐り、いつもジュンがわたしの髪を真剣にセットしてくれる顔を見ているの。眼と眼が合うと、にっこり微笑む。ジュンの笑顔って素適」

「空想の世界ね」

「空想の本当なのよ」

「いいわよねェ。幸せなのよ。あなたは空想も本当も変らないんだから。幸せよね？」女は鉄男に相槌を求めるように言う。

「まぁ、そうだな」鉄男は当り障りのない返事をする。

「幸せかしら。わたしは分からない。魔法から醒める呪文は、自分の声とか、体とかなの。足がこつんと椅子に当るとか、水滴が一つ手に落ちるとか、風が吹いて来て肌にブラウスがこすれるとか。いいこと？　シンデレラの魔法が解けるの、時計が十二時を打つ音なの。シンデレラ自身が時計を十二回ぶったせいじゃない。パルパルッて自分の声を聴いて醒めるの、わたしだけ」

「そうね」女は言う。「わたしたちより幸せだけど、シンデレラより不幸ね」女はそう言い、「さあ、現実に帰りましょ。堂々と胸張って現実の車に戻りましょ」と肥った女の背をぽんと叩き、歩き出す。

「でも、考えてみたら、シンデレラって、魔法から醒めた後、味気ないわね。何にも残ってない。ボロボロの掃除女の姿のまま。わたしたちは違う。この人を着飾る素適な服もラゲージも残っている」

肥った女は肩をすくめ、鉄男を見て、「ジュン」と呼びかけて笑いかける。

「わたしたち、素適よねェ。どんどん魔法をかけ続けましょ」

「素適よねぇ」女が言う。「神様もいるんだから」

三人でデパートの前に一旦出て、タクシー乗り場、バス停留所を越えて、角を曲がった。駐車場はデパートの裏にあった。駐車場の出入口付近に空のスペースがなく、端に停めてあったので、女は一人で車を取って来ると言って、鉄男と肥った女を出口の付近で待たせた。

女が足早に歩くのを見ている鉄男に、肥った女が「あら、声がする」と言う。「あっちの方かしら。さっきのパルパルッて言葉」女は岩がむき出しになった高い山の方をあごで差す。

「山から声がする？」鉄男が訊くと、女は真顔で、「あの山、子供の頃からずっと怖かったの」と言う。女は鉄男の体に肥った体を寄せる。

「じっと見つめていると、何かに見えてこない？　人の顔とか。天狗の顔とか。あの岩のあたりが丁度、このあたりなのね」

肥った女は紙袋を抱えた右手を離し、自分の額を触れかかる。途端に左腕で紙袋を支え切れず、落としてしまった。

「あら、あら」と肥った女が身を屈めかかった時、パルパルパルと肥った女が口真似した言葉がする。声の方に肥った女も鉄男も顔をむけた。女の停めた車の三列横の方で、少年らと一群の少年らが言い争っていた。日本語と少年らの言葉が混ざり合っていた。

「アイスクリームの奪い合いしてるのかな？」鉄男が言うと、肥った女は体を起こし、「恐ろしいから早く出ましょ」と鉄男の腕を取る。

「うるせえんだよ。てめえら」日本語の怒声がはっきりと耳に届く。パルパルッと切迫した大声がする。その声が合図だったのか、少年がいきなり殴りかかった。

その少年の動きが波のように伝わって、まるで運動会のマスゲームのように、とっくみ合い殴り合いになる。パルパルパルの少年の一人なのか、あきらかにナイフを持って応戦していると分かる構えをしている者がいた。腰を低く構え、相手が動きかかると素早く突き出す。

「ようし」日本語で怒鳴る声がし、戦いの中から少年が一人抜け出し、一等奥の車に走る。ドアを開ける。身を屈めて中に入り、黒く塗ったバットを取り出す。

少年はすぐバットを後手に隠した。自分の車のドアを開け、突然起った少年らの喧嘩を見ていた女が、「駄目」と叫んだ。「そんな物、持ち出しちゃ駄目」

少年には女の声など聴こえていない。少年は後手にバットを隠したまま、駆け出す。「駄目」女は叫んだ。鉄男はその女の叫び声に、不意に事態を止めるのは自分しかないと気づき、「止めてくる」と腕に巻きついた肥った女の腕をほどこうとする。

「駄目よ。これは魔法」肥った女は鉄男を見る。

「止めないとひどい事になる」

肥った女は焦点が遠くにあるような眼で鉄男を見る。

「魔法なのだから空想なのだから」肥った女は抑揚のない声を出す。「あなたは神様なの？本当なの？」

「ひどい事になる」鉄男が肥ったぬいぐるみのような手をはずしかかると、「本当なの？」と訊き、「止めるしかないだろう」と言うと、固く巻きつけていた腕をほどく。

「本当なのね」肥った女がそう言った時、悲鳴が上がった。少年の一人が、頭にバットの直撃を受けて血が吹き出た頭をおさえ、力なく膝から崩れるように倒れるのが見えた。鉄男は瞬時に駆け出し、少年がさらに脇の少年を一撃しかかる寸前でタックルした。少年は倒れたまま、バットを振り廻す。

鉄男は少年の体を体で押え込み、腕をねじあげ、バットを取ろうとした。バットを少年が不意に放す。それを別の少年が持った。

「この野郎」少年が怒鳴り、はねのけようとしてもがく少年の上で体を起こしかかった鉄男の背中を殴る。一瞬、呼吸が止まり、鉄男はもがく少年の上に倒れ、もがく少年に撥ね飛ばされて仰向けに転がった。

「ピン公の味方しやがって」少年は転がった鉄男の腹をめがけてバットを振り降ろした。二発、背中と腹にバットの直撃を受け、鉄男は呻き、混乱した。次の一撃が自分の頭を狙ってくると思った。

少年がバットを振り上げる瞬間を見て、思いっきり股間を蹴ろうとした。力が入らないので体は伸び切らず、靴は少年のすねに当った。

「痛い」と声がし、よろけたすきに鉄男は立ち、少年に抱きついた。腕にも足にも力が入らなかったが、少年の腕からバットを取り上げ、そうする事がごく自然だと力の入らない腕で、少年の一等弱い部分をめがけて振り降ろした。少年の頭は簡単に砕けた。血がそうなるのを待ち受けていたように撥ね上がった。

パルパルの少年とそっくり同じ姿で、少年は崩れ落ちるように倒れる。

「やるのか」鉄男は言った。「俺を誰だと思っている？　やる気か？」鉄男は言葉と行為が後先になったと思いながら、少年らを見廻した。

第7章

バットに血のかたまりがついていた。柄を握った鉄男の手に、かたまりが流れ落ちた。生温かいその液体の感触が、ビロードのような優しさだと思い、鉄男は立ちつくす。何もかもがひどくゆっくりと動いているように見えた。

鉄男のすぐ足元で頭から血を流しながら、少年が顔を歪め、口を開け、倒れたまま痙攣していた。最初にバットで頭を殴られた少年が、流れる血を手でおさえて起きあがりかかった。

その少年を襲った日本人の少年らと褐色の肌の少年らが、実のところ喧嘩をしていたのではなく、アイスクリームの取りっこのゲームをしていた、というように互いに庇いあうようにして、血のついたバットを持った鉄男の次の攻撃から逃げる為、後ずさりした。

女が悲鳴を上げていた。

鉄男には悲鳴が、自分をなじる声に聴こえた。どう言って女がなじっているのか確かめようと振り返りかかり、眼の端に、駐車場のそこから見える山の頂上附近のむきだしの岩がむくむくと動いたのが写った気がして、鉄男は見た。

せり出した茶色の岩を隠すように茂っていた緑の木々が、揺れて次々と苔をはぐように落ち、茶色の岩が動きながら全体を露にする。ぶなや馬目樫の木に邪魔されなければ、緑の木々の中に突き出していた岩場は、節くれだち甲のように固くなった額のあたりと分かり、その横に、岩場の為、辛うじて生えた木の疎らな枝の向こうに、しっかりと見開いた眼の中の、赤茶色の瞳が見える。

女は「だめ」となじるように叫んでいた。肥った女が紙袋を持って大股で歩いて来る。鉄男は肥った女が、緑の木々の向こうに見える岩場の意向を受けて歩いて来るような気がした。

「あなた、乗って。車に乗って」肥った女は言い、まるで何事も現実に起こっていないように、紙袋を鉄男に渡しかかる。鉄男は肥った女に問うように血のついたバットを差し出した。

「あら、それ?」肥った女は言い、一瞬に起こった出来事に茫然としている女に、「さあ、行きましょうよ」と声を掛ける。「さあ、マリもジュンも、行きましょうよ」

「行くって言って」鉄男はバットを差し出しながら言う。周りの少年らも、倒れて血を流し痙攣し続けている少年も総て架空の出来事だと高をくくったように、「あら、あら」と肥った女は駐車している車のボンネットの上に紙袋を置く。

ぬいぐるみのような手を差し出し、鉄男の手にそえる。肥った女のぬいぐるみのような手は、生温かい液体のような感触だった。鉄男がバットを握った手を開かないと、肥った女は鉄男の顔を見る。

「どうしたの、ジュン?」肥った女は言う。「手を開いてごらんなさいな。さあ」

鉄男はバットを握った手を開きかかる。「さあ」催眠術をかけるように肥った女は言う。親指と人差し指がバットから離れ、次に中指が離れかかる。

「香港にもシンガポールにも、マレーシアにもまた行きましょうよ。シンガポールもマレーシアも素適」

「死ぬかもしれない」鉄男はつぶやき、体をねじって倒れた少年を見る。

「香港もシンガポールもマレーシアも素適」

「俺がやってしまったんだから」鉄男が言うと、初めて突発した事態を認識したように少年の一人が、「お前がやったんだからな」と怒鳴る。

「どうするんだよ。死んじゃう、こいつ」少年の一人が怒鳴ると、褐色の肌の少年らが、早口で言葉を交わし、突然、駆け出す。「逃げるな」少年はまた怒鳴る。

「死んじゃうぞ、こいつ」

肥った女は鉄男の手の中指を撫ぜる。

「さあ、行きましょう」

「死んじゃうよ」少年が言うと、肥った女は顔を向ける。「あら、そうかしら」「こいつが飛び出して来てバットで殴ったんじゃないか」

「あら、そうかしら。あなたたち、そこで群になって喧嘩してたのじゃなかったかしら。いいい事、わたしたち、旅行の準備の為に、このデパートに買物に来たの。それでここでアイスクリームの取りっこの喧嘩を見て、すっごく迷惑してる。いい、覚えておいて、これから、わたしが車を運転するの。免許持って二十年経《た》つけど、自慢じゃないけど、四回ぐらいしか運転した事ない。そんなところに寝転んでいたらひくわよ」

「寝転んでるって？」「バットで殴られたんだぜ」

「警察、呼ぶぜ」少年が言うと、肥った女はむきになったように身を乗り出す。

「バカ。早く警察呼びなさいよ」肥った女は言い、鉄男に身を擦り寄せる。

「行きましょ」肥った女は鉄男の薬指をはずしにかかる。鉄男はバットを支えていた指から力を抜いた。バットが駐車場の床に落ち、転がる。

「さあ」と肥った女は魔法を解く為に新たな催眠術をかけるのだと言うように、鉄男の耳元にささやく。車のボンネットの上の紙袋を取り、鉄男の前に差し出す。

肥った女が車の運転席に座った。女と鉄男は少年らの怒声の中を、後部座席に乗り込んだ。

肥った女は二人が乗り込むやいなや、まず自分の席のドアロックをし、肥った体で大儀そうに振り返り、「両方ともロックをなさいな」と言う。

女は「そんなの無理よォ」と涙声で言う。

「あら、どうしてかしら？」

「だって、この人、怪我させてしまった。まだあの子、血が出ている。あのままだと死んじゃう」

肥った女はよじった体が苦しいと荒い息を吐きながら、女を見つめる。外で少年らが車を取り囲んでいた。車体を蹴る振動が幾つも立つ。肥った女は唇を噛み、不意に手をのばし、まず女の側のドアロックをし、次に鉄男の側のドアをロックする。少年らが窓硝子に顔をつけ、「人殺し」と怒鳴る。

肥った女は四つのドアのロックを確かめ、ハンドルに向かいあい、大きく呼吸する。

「さあ、落ち着いて運転を始めるわよ。ねェ、ジュン」肥った女は言う。

「駄目」女は嗚咽《おえつ》のもれる口を手でおさえ、鉄男の肩にもたせかける。

「ジュン？ 返事して」肥った女は不意に不安にかられたように言い、ルームミラーに顔を映し、鉄男を見る。肥った女は鉄男を見つけて安心したように明るい笑いをつくり、「さっき四回運転したって言ったでしょう。四回目の頃、わたし、こんなに肥ってなかった」と言い、両手を上に挙げる。

「薬のせいで十キロも肥っちゃっているの。十キロって赤ちゃん何人分ぐらいかしら。その分、わたしの体にくっついているから、もう、まるで違う」

「駄目」女は鉄男の肩に頭をあずけたまま泣き始める。「あなたの体、血の匂いする。ジュンの事、思い出しちゃう」

肥った女は鏡の中の女を探す。

「いい事? マリの隣にジュンはいるの。素適なジュン。たくましくってハンサムで、優しくって。いい事? マリだって、ジュンはお客様の誰からも愛されて惚れられていたって知ってるでしょ。そのジュンなのよ。そのジュンと一緒に旅行に出るんだから」

少年の一人が車体を蹴る。音に驚いた肥った女が、思いもかけない素早い動作で振り返る。窓に顔をつけて、「人殺し」と怒鳴る少年をにらみ、不意に窓を開ける。「むこうへ行きなさいって。まだ、あの子は死んだわけじゃないのに、簡単に言わないでちょうだい」肥った女はそう言ってすぐ窓を閉めた。

また体をねじり、手を開き、腕を差し出す。「さあ、エンジンをかけましょう。マリさん、車のキイを貸して下さいな」

女は泣きながら顔を上げる。

「キイを貸してちょうだいな。これから飛行場に行く為に、車のエンジンをかける。そのキイ」

「あら、ついてない？」女は泣くのを止めて訊く。

鉄男は肥った女の言葉を耳にし、魔法からも催眠術からも醒めるように腹立つ。

「そうなの？」肥った女は言い、ハンドルの下をのぞく。「キイってどこにあるの？」

人に現場から逃げようとそそのかして、車のキイがどこにあるのかも知らないのかよ」「何だよ、
ハンドルの下をのぞき込んでいた肥った女は、不意に身を起こす。

「何なの、その怒り方」肥った女はふくれっ面になる。「何なの、その言い方、わたしが何をしたって言うの。心外だわ。人の車って、何がどこにあるかって分からないの当然でしょ。当然だから訊くのだって当然でしょ」

「車のキイ、どこにあるかも分からないんだろ。それがどうやって運転なんか出来る」

「運転が出来ないって言うの？　運転するのも見た事ないのに、ジュンは運転出来ないって言うの」肥った女は鏡の中に鉄男をとらえ、ふくれっ面で見つめる。

肥った女のふくれっ面は笑い顔と対照していた。笑うと顔からこぼれるほどの明るい笑いに

なると同じように、ふくれっ面は、肥った女のこれまでの人生で味わった憤怒が一気に滴となってしたたるように、くっきりと浮き出る。その憤怒は鉄男の腹立ちなぞ物ともしないように見える。

肥った女はハンドルの下に手をのばした。「あら」肥った女は声を出した。手を動かす。「あらあら」

エンジンの始動する音がした。肥った女はいまさっきふくれっ面をしていたのが嘘のように明るい笑いをつくり、「さあ、ジュン、シンガポールへ行きましょうよ。マレーシアへ行きましょうよ」と言う。

「さあ、出発よ。夢のシンガポール。マグノリアの花が咲いてる。ブーゲンビリアの花も咲いてる」肥った女はそう言ってギアを入れる。

車がいきなり発進する。車を取り囲んでいた少年らが声を立て、身をよける。車は直進し、前に駐車していた車に、ハンドル一つ切らずそのままぶつかった。

「あら」肥った女は言う。女が両手を挙げ、「やめてちょうだいよ、もう」と金切り声を上げる。

「あなたもわたしも狂ってるんだから。精神病院へ戻るしかないんだから」肥った女はエンストを起こした車のエンジンをかけ直す。

「あら、そうかしら」肥った女は車をそろそろとバックさせる。少年らが同じように声を出して身をよける。車は停まり、再び発進する。先ほどの倍のスピードで前進し、ハンドルを切りかかった瞬間に、また同じ前の車に衝突する。

女が金切り声を上げるより先に肥った女が、「余計な事、言わないでちょうだい」と言う。「それでなくっても、ずっと厭な感じしてるんだから。わたしの心、見透かして、あの天狗の山、ずっと金縛りの術、使いに来てるんだから。いまハンドルまわしてたでしょ。やっとふりほどいたのに。瞬間に腕をおさえられたの、ふりほどいて、ハンドル切ったのだから」

肥った女は肩を上下させて息をする。「さあ、わたしたちは出て行く。この土地から出てゆく」

第8章

肥った女はまたエンジンをかけ、車をバックさせた。ヴィデオの録画再生のように、バカッ丁寧に車をバックさせる。

周りから少年が怒声を投げかける。肥った女は車を停止させないで、いきなりギアをドライブに入れた。激しく車はノックし、発進する。

肥った女はあわててハンドルを切った。車の角が前の車に当たったが、辛うじて左に曲がる事は出来た。車は走った。女が声を出しかかり、言葉を吞み込むように、黙った。一方通行を示す黄色の矢印と逆に車は走っている。

すぐ駐車場の出入口に来た。ブースの中で若い職員が、一方通行を逆に走って来て、入口から出ようとする車の無鉄砲さにあきれたという顔をつくる。

肥った女は車の速度を落とさなかった。後から、少年らが追っていた。

「しょうがないのよ」肥った女は弁解するように言って出入口を飛び出す。

「いいこと。今は、何も言わないでちょうだい。いままで何度もマリさんのおせっかい焼きにうんざりしてたのだから。車を運転してる時ぐらい、黙っててちょうだい」

女は鉄男の肩に頭をもたせかける。

「黙っててちょうだい」肥った女は言い、デパートの前の大通りに車を入れる。大通りを直進しはじめた。すぐの交差点の信号が、青から黄に変わる。肥った女は速度を落とす代わりに、アクセルを踏み込む。赤に変わった信号の中に車は直進した。交差した道路から直進した車が、赤信号を無視して直進する車に気づき、ハンドルを切ってかわした。

肥った女の運転を非難するように、方々からクラクションが鳴らされた。

「何言ってるのよ。黙っててちょうだい」肥った女は言う。鉄男の肩に頭をもたせかけた女が、「何も言ってないわよ」と小声でつぶやく。

「何なのよ。何を言いたいのよ。赤信号だったって事？　信号無視だったって事？　信号無視なんかじゃない。青だったでしょ。青。エメラルドグリーンのように見えた青。それがすぐ黄色に変わった。何か、汚らしい黄色。黄色って音も汚らしく響くのね。普段ならトパアズのようなのに、今日の信号は、わたしやジュンやマリにいじわるだから、黄色って感じね。そんな汚い黄色なんかにかまってられない。じゃあ、赤信号って何？　汚い赤。不潔な赤。おお、厭。血の色。身震いする。どうしてそんな色に、かまわなくちゃ、いけないの？」肥った女は独り言をつぶやき、肩をすくめる。ルームミラーをのぞき、鉄男の眼をさぐり、眼と眼が合うと、こぼれるような微笑をつくる。

「さあ、行きましょ。どこへだって行きましょ」

「どこへも行けないわよ」女は冷たい声で言う。

「あら」肥った女は言う。女は頭を起こす。

「あら、じゃないわよ。あなた、わたしたち、何してるか知ってる。犯罪よ」

「あら、そうかしら？　犯罪なのかしら？　駐車場の出口で停まらなかったけど、ちゃんと駐車券に無料スタンプ押してもらってる。赤信号の事？　マリさんは時々、いじわるになるのね」肥った女はふくれっ面になる。「これで五回目の運転って最初に言ったでしょ。たった五回で、赤信号で上手に停まれる？」

「そんな事ばかり言ってごまかしたってどうにもならない」

「あら、そうかしら?」

「そうに決まってるでしょ」

「誰が決めたの?」肥った女はつぶやく。

鉄男は肥った女の顔の変化を見つめた。こぼれるほどの明るい微笑が不意に憤怒の塊のようにふくれっ面に変わる速度で、ふくれっ面は柔《やわ》でもろい人間の顔になる。ルームミラーに写った女の顔のどこにも、先ほどまでの、世界を我が物にしているような明るさも力もない。眼は前方を見ているが、自信なく、ただ開けられているだけのようだった。その眼におおいをかけるように、涙が浮かんだ。ハンドルは握っているというより急速に力の抜けた体を崩れないように支えているだけだ、と見えた。アクセルを踏む足から力が抜けたのか、車の速度が落ちた。

後方からクラクションが鳴らされる。鉄男は黙ったまま、女の足を足で蹴って、肥った女の様子がおかしいと合図した。

「あら」女は言う。鉄男は言葉をかけるなと、女の足をまた蹴る。鉄男は後ろを見た。後方から一台、小型トラックが接近していた。窓を開け、身を乗り出し、追い越して先に行けと手振りで合図する。

肥った女は鉄男の動きを知って物を言おうとするが、気力がわかないようだった。車は町はずれの国道とは名ばかりの狭い道を走っていた。道は広々とした野菜畑の中を通る。鉄男は女に体をどけろと手振りで言った。女がドアに体を寄せたのを見て、鉄男はサイドブレーキに手をかけ、ゆっくりと引き上げた。

肥った女は、後部座席から身を乗り出した鉄男が何をしているのか、突然、気づいたように、「何なの、あなた」と、おびえた眼をむける。肥った女はサイドブレーキを限界いっぱいまで引き上げようとする鉄男の手を払いのけようとする。

「止めてちょうだい。何なの？　何なの、あなた」肥った女はハンドルを離す。あわてて鉄男はハンドルに手をかける。

「止めて。いじわるするの、止めて」

車はふらつき、道路から飛び出しかかった。鉄男はハンドルを切りながら、サイドブレーキを思いっきり引いた。道路から飛び出さなかったが、車は清水の流れる道路脇の溝に前輪を落とした。肥った女は脱輪の衝撃で胸を打ちつけた。ハンドルを体で抱え込む形のまま、「痛い」と呻き、すすり泣く。

「ああ、何でこんな事、されるの。何故なの」肥った女はすすり泣き続ける。

「大丈夫か」鉄男は女に訊いた。女は無言で行為をなじるように鉄男を見、ななめに傾いた車の中で平衡を取ろうとドアに手をつく。鉄男は後ろ手にドアを開けた。「こっちから出ろよ」

女は鉄男の顔を見る。「あなたが先に出て、彼女、助けてやって」

「ああ」鉄男は女になじられるいわれはないと思ってなまくらな返事をする。

鉄男は外に出て、ドアのロックをはずせと肥った女に合図した。肥った女は無反応だった。それで仕方なく、外に出かかる女に頼んだ。傾いている為にロックをはずしても、ドアは開けづらい。力まかせにドアを開けた。ハンドルを体で抱えたまますすり泣く肥った女を抱きあげた。

抱いたまま、溝と畑の間の草の生え出した畦に降ろしかかると、肥った女は突然、ぬいぐるみのような手を鉄男の胸に突っ張り、「厭」と暴れる。

「厭よ、厭よ」肥った女は足で蹴る。暴れる肥った女の体の重みで足元がふらついた。鉄男は畦を踏み外し、野菜畑の中に倒れ込んだ。育った野菜の潰れる奇妙な感触を感じた瞬間、肥った女は鉄男の腕を払い、野菜畑の中に飛び出した。

あまりに勢いよく鉄男の腕を払った為、野菜とよく耕された畑の土の柔らかさに足を取られ、四つん這いになる。車から自力で外に出た女が、肥った女の突然の異変を感知したように、「駄目」と鋭く叫ぶ。肥った女は体を起こし、叫んだ女を見る。立ち上がって鉄男は肥った女を見て、茫然として立っている。

「怖いのよ」肥った女は土のついた手をかざして呻くように言う。

「見てよ、これ」肥った女はぬいぐるみのような手は実のところぜんまい仕掛けで、そのぜんまいが今、切れかかっているというように、かざした両の手をこきざみに震わし、「ジュンも見てる?」と鉄男に訊く。鉄男が返事しないと、「ジュンは見てる?」と訊き直す。

女は鉄男に「見てると言って」と言う。

「ああ」と鉄男はなまくらに言う。「俺も見てる」

「皆な、見てる? 本当に見てる? 何この緑の色。土なんかこんな色なのに、野菜とか草とか山の木なんかの、人の肌の中に溶け込んで来るような、ねっとりした緑の色。見て、この空の色。この空気だって色がついている」

「夕暮れになるから」鉄男は言う。

「何なの? 何でなの?」

「知らねえよ」鉄男が言うと、女は「あなた、黙ってて」と言い、溝をまたいで畦の上に立つ。

「天狗なんかいないわよ。わたしたち、おかしいだけ」

「この緑、気持ち悪くない?」

「いいえ」女は言う。

「肌の中に溶け込んで来るようで、気持ち悪くない?」

「いいえ」女は言い、決心したように、「そんな事で手こずらせないでちょうだい」と言う。

「いい事、わたしたちは、この人と一緒に旅に出る」

「そうなのよ」肥った女は言う。「でも、何、これ?」

「何って、あなたが運転したんでしょ。デパートの駐車場からここまで、わたしたちを連れて来た。だから、あなたの判断が一番正しかったといま気づいたところなの。この人が何しでかそうと、わたしたち、狂ってる二人、この人に頼って、すがりついて生きていくって計画していたんだから。もう後もどり出来ない」

「そうなの」肥った女は言う。

「わたしたちの神様」

女の言葉に鉄男は苦笑する。「ハリマオって名前さ」

「ジュンでもハリマオでもいいの。わたしたち二人、若いたくましい神様の召し使い」女は言い「さあ」と肥った女にあきらかに人工的な顔いっぱいの微笑をつくって声を掛ける。

「車を上にあげるの、神様一人にしてもらうとバチが当たるから、男の人三、四人呼んで来ましょうよ」

第9章

肥った女は女の人工的な微笑にとまどったように、視線を外した。土のついたぬいぐるみのような両方の掌を見て、眉をしかめ、はたく。三度はたいてから、また掌を見る。

「キャベツの赤ちゃんなの?」肥った女はつぶやく。もう一度両方の掌を広げて見つめる。

「取れない。何かしみついてる」肥った女は鉄男に両方の掌を突き出す。「汁がしみついている。緑色の汁」

「さあ。手救けしてくれる男の人、呼びに行きましょうよ」女が些細な事にこだわる必要はないと言うように、畦から手を差しのべかかる。

「違うの」肥った女は首を振る。

「あなた、わたしがずっと苦しんで来た事、分かっているでしょう。分かっている。この緑の汁。何だと思う? 何に見える?」肥った女はぬいぐるみのような掌を両方、また切れかかったゼンマイ仕掛けのように震わせる。

「見て」肥った女はそう言って、身を屈め、巻いて固まり始めたばかりのキャベツの芯を取る。芯からちぎれるくぐもった音が立つ。肥った女は両方の掌で芯をすくい上げるように持って身を起こす。「見て。これの汁」

女は「駄目」と言って顔をそむけた。鉄男は肥った女の、ぬいぐるみのような両方の掌で持ったキャベツの芯を見つめた。葉が巻いて固まり始めて日浅いのが分かる。初々しい柔らかいキャベツの芯は、血を流した少年の頭のようだった。鉄男は肥った女に言う。

「あの頭の血と、そのキャベツの汁、同じだと言うんだろ?」

肥った女は、眼を見開いたまま、声が出ないように、うんうんと大きくうなずく。

「止めてよ。そんなつまらない事、言うの」女は言う。鉄男は女を無視した。

「同じくらいの大きさだよな。少しあの坊やの方が大きいか?」

鉄男は肥った女の方へ歩く。まばたきもしない眼を大きく見開いたままの肥った女に、儀式をでもするように両方の手を差し出した。

「さあ」鉄男は声を掛けた。「ここの物はここへ返しといた方がよい」

「ここの物?」肥った女は訊き返す。

「ここの畑の物」鉄男は言い直す。

「このままキャベツ持ってどこかへ行ったら、百姓は怒る。そのあたりに転がしといてやれば、怒るけど、納得する」鉄男はぶっきら棒な口調で言い、肥った女の掌からキャベツの芯を取った。

「腐って、土になるんだぜ」キャベツの芯を鉄男は放った。汁が手につく。

手救けしてくれる男を見つけて来る、と言い張る女を、鉄男は止めた。力には自信がある。いや、難局の打開には自信がある。

上着を脱ぎ、シャツ一枚になった。車がどんな状態で前輪を清水の流れる側溝に落としているのか、地面に顔をつけて確かめた。後部が浮き上がっている。

女を運転席に座らせ、エンジンをかけさせた。ハンドルを左に切りながら、後退にギアを入れ、合図と共にアクセルを踏み、サイドブレーキを解く。肥った女には浮き上がった後部を押さえる為と言って、座席にただ座ってもらうだけにした。女は鉄男の案に反対のように、「後に乗ったら重くない?」と訊く。

鉄男は苦笑して首を振った。女は鉄男の苦笑から真意を読み取ったように、「そうよね、外にいたら危ないわね」と言い、「騒がないで」と肥った女の方を振り返る。

「そうなの。もう不安にならない。見て、あのジュンの真剣な顔」肥った女はななめに傾いた車の中から、「がんばって」と鉄男に手を振る。「何だか、映画の中にいるみたいよ」肥った女はドアの把っ手を左手に持ち変え、右手で口をたたき、奇声を出す。

「何だ?」鉄男が車のエンジンをかけた女に訊く。

「何かしら」女は振り返って、「随分、楽しそうだこと」と言う。

「あら、楽しそうに見えて?」肥った女はまた口を手でたたいて奇声を出す。「インディアンに襲撃されてる駅馬車の中のレディーだってこのぐらいの事、してたわよ。襲撃するインディアンも戦う男の人も、なんかする事あるけど、レディーはただ中にいるだけ」肥った女はまた奇声をつくる。「ただ座ってるだけって、退屈」

「インディアンの声のまねなの」女は笑いをこらえながら言って、鉄男の目を見る。車を下から持ち上げるように押すタイミングを鉄男は計っている。鉄男を見て、女は真顔になる。その女の背に、肥った女の声が飛ぶ。

「ジュンって素適よねえ。腕も太いし、胸も厚いし。ジュン・ウェインって感じしない？」

「しないわよ」女は苛立って言う。鉄男が女を見つめると、見つめ返す。少しばかり女は寄り目になっている。鉄男は性の歓喜の期待でふくれ上がった女を思い出す。性なら言葉は要らない。

女の求めている方向に鉄男は動き、鉄男の求めている方向に女は動く。だが今、やろうとしているのは性ではなかった。

それで言葉が要った。肉体労働者らの使う短い掛け声だった。そのチグハグになりようのない短い掛け声だったが、鉄男の掛け声に女は、アクセルの踏み込みとサイドブレーキの解除をあわせられない。

側溝に入り、車のバンパーのあたりに肩を当て、持ち上げるようにして掛け声と共に押すが車は動かない。エンジンの空ぶかし音だけがする。

「あッ」と女は声を出した。サイドブレーキを解くのを忘れていたのに気づいていきなり解除したらしく、車が急に重くなる。アクセルと連動していない。力を抜けば、車は前輪二本とも溝の中に飛び込むし、自分が下敷きになりかねない。鉄男は一層、力を込める。アクセルが踏み込まれる。車は後に向かって少し動き、前部が軽くなる。軽くなってから一瞬のうちだった。

車は道路に戻った。女はそのまま車を運転した。

野菜畑の切れたところから、トウモロコシ畑が続いていた。

そのトウモロコシ畑の一角を潰して埋め立てて作った大きなドライブ・インに入った。

「ビールなんかよりシャンパンがいいわね」席に座るなり女が言う。車の中でインディアンの奇声の真似をし続けていた肥った女は、新たな口真似だというように辺りを見廻しながら、指を口でくわえ、「ポーン、ポーン」と声を出す。

「音、立てられないから、声出してるの？」

「シャンパンの栓の音」肥った女は微笑を浮かべる。

「楽隊が鳴るの。ダンダカダンダンダン。ダンダカダンダンダン」肥った女は腹のあたりに太鼓があるように打つ真似をする。

「そうね、あなたが大きな太鼓なら、こっちは小太鼓ね、タカタンタン、タカタンタン」

「ダカダカダンダンダンダン」肥った女は言い、不意に鉄男に「ジュンもやってよ」と言う。

「楽隊をか?」

「笛とかトランペットとか」

鉄男は苦笑する。「練習してないよ」鉄男は言い、奥のカウンターに立っているウエイトレスを呼ぼうと手を上げた。ウエイトレスは動かなかった。手を上げ、指を鳴らし、「注文をしたいのだけど」と声を掛けると、肥った女は「来るわよ」と言う。「いい。口笛なら吹けるでしょ。何でもいい。行進曲。わたしとマリが太鼓の役」肥った女は太鼓の口真似をし、腹の太鼓をたたく真似をする。

「さあ、マリとジュン」肥った女にそう言われ、女は太鼓をたたく振りをし、口真似をする。鉄男は二人のはしゃぎようを笑いながら、ウエイトレスに手を上げ、「済みません」と声を掛けた。ウエイトレスは鉄男の声を耳にして、鉄男らの席の方ではなく、ビリヤード台の置いてある奥の方に歩いていった。蝶ネクタイの男が姿を見せ、歩いて来る。鉄男は軽い食事と飲み物が欲しいから、メニューを持って来てくれ、と男に言った。男は鉄男の言葉を聞かなかったように歩いて席に来る。男は脇に立ち、頭を下げた。

「ここは一般席ですから、済みません。お酔いになってられるんでしたら、カウンターの向こう半分、バーになってますから」蝶ネクタイの男が言うと、肥った女は「あら、わたし、アルコール、全然、駄目よ」と言う。

「そうですかァ」

「そうよ。ちょっとでも胸、ドキドキして、呼吸も出来ないくらい。シャンパンだって、匂いをかぐだけ。口つける真似するけど、一口でも飲んだら、さあ、大変。救急車呼んだり、もう大変」

「酔ってられるんじゃないのですか？」

肥った女は「あら」と言い、廻りを見る。「誰の事？ ひょっとしてわたしたち？ もしわたしたちなら、あなた、失礼よ。もちろん、そちらのバーに移ることくらいいいわよ。マリだってジュンだって、お酒はいけるから、わたし一人、すこし酒の匂いに我慢してればいいの。でも、わたしは酔ってない。ダイエットしてるから、今日、いただいたの、あのデパートのアイスクリームだけ」

「失礼しました」男は言う。

「騒々しいんだよ」鉄男は言う。

「騒々しかったかしら？」肥った女は腹の太鼓を打つ真似をし、ダンダカダンダンと声を出してみて、「そうよね。楽隊って騒々しいわね」と言い、不意に立ち上がる。

「騒々しいの、ここじゃ駄目で向こうならいいなら、向こうに移動しましょ。わたしはシンミりするの厭。生まれてから何十年も住んでた土地、出て行くんだもの。シンミリして、涙流して、暗く切なくして何になるの。いつも思ってたわよ。そのうち、誰かわたしを連れ出してくれる人が来るって。ハーメルンの笛吹きでもかまわない。いいえ。きっと、ハーメルンの笛吹き、来るって。さあ、笛吹いて」

肥った女は突然、鉄男の腕をつかむ。「マリも立って。さあ、ジュンも立って。向こうでシャンパン抜きましょ」

鉄男は立った。肥った女は女が立ち上がるのを見て、「さあ、いい。いくわよ」と声を掛け、太鼓をたたく身振りを始める。女が同じように太鼓をたたく身振りをやり口真似して、肥った女の後に従いて歩き始める。

鉄男は女の腕をつかみ、耳元に小声で「皆な見てるだろ。ここは精神病院じゃないんだからな」と言う。

「分かってるわよ」女は鉄男の言葉にむかっ腹立ったように言う。

第10章

太鼓の口真似をやり、腹の太鼓をたたく身震いをしながら、肥った女は蝶ネクタイの男の先に立って、カウンターの方に歩いた。肥った女の口真似が不意に止む。太鼓をたたく身振りだけが続く。その身振りも止んだ。

肥った女が「ジュン」と呼ぶ声と重なるように、若い男女の笑い声が起こった。「ジュン」肥った女は救けを求めるように呼んだ。笑い声が続き、「どうした?」と鉄男が声を掛け、カウンターの方に歩きかかると「何かへんなおばさん」と舌っ足らずの声がする。

鉄男と齢の違わない若者が三人、カウンターにたむろし、カウンターに直に腰を下ろした若者の開いた両脚の間に体をあずけた少女が、肥った女の真似をしている。肥った女は、まるでハーメルンの笛吹きが、腹の太鼓を打つ寸前に演奏を止めたというように、右腕を横に振り上げた姿のまま、歩み寄る鉄男に首をねじる。

「ジュン」肥った女は震え声で呼ぶ。若者らは笑う。

「なに、これ」少女は肥った女と同じように右腕を横にあげ、左腕を前に突き出したまま、言う。

「どうしたのよ。なんなのさ。いきなり騒ぎながら入って来て、わたしたちの姿見て、こんな恰好のままじゃ気分悪いじゃない。なんなのさ。どうするってのよ。この右手、横に突き出しっぱなしじゃ、くたびれてくるじゃない」

「何言ってる」少女の体を股の間にはさんだ若者が少女の頭を小突く。

「お前、背中で俺のあそこにぐりぐりやってるだろ?」若者はそう言ってカウンターに手をつき、腰を持ち上げる。股間が少女の頭に当たる。若者は腰を振る。

「あッ」少女は声を出す。「きたねえ」少女は振り返って、左ひじで若者の股間を突く。

「きたねえだろ、そんな物、髪にくっつけたら」

若者は少女のひじを払う。「なにがきたない。ズボンはいてるだろ」

「きたねえ」少女は言い、なお股間を少女の頭にこすりつけ、腰を振りかかる若者に「ちょっと止めてくれよ。へんなおばさん、わたしたち見て眼を丸くして動かなくなっちゃってるのに」と言い、あきらかにからかう口調で「へんなおばさん、どうして、へん?」と訊く。

「ジュン」肥った女はまた名を呼ぶ。鉄男は肥った女の前に立ち、前に突き出した左腕の手首をつかむ。腹の前にもし大きな太鼓があるなら、左腕の先にある太いスティックにたたかれ、音は立ったはずだった。しかし、いまは残響のかけらもない。鉄男が太いスティックを持っているはずの左手を包み込むようにして握ると、肥った女の左手はゆっくり動く。

「ジュン」肥った女は言う。

「ジュン」少女が肥った女の震え声を真似する。若者らが一斉に笑う。鉄男は肥った女の横に振り出した腕をたぐり寄せかかる。力いっぱいたたかなければ、大太鼓はよく鳴らない。その為、力を入れた腕は、たぐり寄せる手に同じように力を入れなければ動かない。

肥った女は右腕が動き始めると、本当はハーメルンの笛吹きが笛を奏でてくれれば訳なく手足は動くのだ、と言うように、「ジュン」とまた言う。

少女は肥った女の真似をする。笑いが起こる。肥った女の体を正面から抱え込んで、後に茫然と立った女に鉄男は目くばせした。女は意味が分からず、「え?」と訊き返す。少女が「ジュン」と肥った女の真似をする。

「何だ?」鉄男は若者らが笑うより先に、振り返って言った。「誰かこの俺に用があるのか?」

少女は上目つかいに鉄男を見た。カウンターに腰かけて、股間にはさんだ少女の髪に手をやっていた若者が、少女の緊張を察知したように鉄男を見る。二人の若者が少女に身を寄せるように動く。

「誰か、用があるのか?」

少女は上目つかいのまま笑う。

「用があるの、そっちじゃねえかよ」少女は男のような言葉をつかう。

「機嫌よくここで遊んでたら、いきなり騒ぎながら飛び込んで来て、人の顔見て、動かない。気分悪いじゃないのよ。ガン飛ばすところじゃないって」

「あなたたちがここにいたからでしょ」女が肥った女の背後から言う。

「気分、悪いなァ」若者の一人が言う。

「そうだよ、気分悪いよ」少女が言う。「どうして、ここであとから来たてめえらにそんな事される」

「あなたたちとわたしたち、違うのよ」女は言う。鉄男は肥った女を抱えたまま、背後に立つ女を引き寄せた。女は肥った女に身を寄せながら、「分からないの？　あなたたちとわたしたち、全然、違うの」と言う。

鉄男はその女を一層、引き寄せた。肥った女の背に体をくっつけて、初めて女は三人で押しくらまんじゅうをしているように身を寄せあっていると気づいたと、鉄男を見る。鉄男は小声で言う。

「俺にまかせとけって。キャベツや水瓜《すいか》みたいに頭割るの、一人やったって二人やったって、かわりゃしない」

鉄男の声を耳元で聴いた肥った女は、くすぐったいと身をよじる。

「シャンパン抜くんだろ。ポンポン抜いて前祝いやるんだろ？」

「そう」肥った女は身をすくめながら言う。

「さあ、坐ろう。こんな連中、ひとつも気にする事ない」

「何、あの三人？」少女の声がする。

「三人で頬くっつけあってひそひそと話してるの」少女が笑う。鉄男は少女にとりあわず、カウンターの前の椅子を二つ、引いた。

「さあ、坐って。シャンパンを頼んでくれ」

肥った女を坐らせ、次に女が椅子に腰を下ろすのを待って、鉄男は少女らの方に顔をむけた。

「このあたりに住んでるのか?」鉄男が訊くと、少女を股間にはさんだ若者が、「人に物を訊くなら自分から名乗るのが筋だろうが」と胴間声を出す。

「俺の事か?」鉄男は若者の顔を見つめて言う。

「俺の事を、二人共、神様だと言ってる」鉄男が言うと、若者らは顔を見合わせて嘲笑の声を立て笑う。

「神様ってあの神様?」少女は笑う若者らに訊く。「アーメンとかソーメンとか言う?」少女は言い、鉄男が「分かんねえな」と言うと、「ふざけんじゃないよ」とにらむ。

「どうせ、お前なんか、女のヒモだろ。いい加減な事言って、女たぶらかしてんだろ。なんだ、その派手な服。神様がDCブランド着て、うろうろしてんのか?」

「これか」鉄男はジャケットの前をめくる。「俺が買ったんじゃない。ただ着てるだけさ」

少女は「へえ」と言う。「トキオ・クマガイの服着た神様なんているの」

女が注文したシャンパンが二本、カウンターの上に置かれた。蝶ネクタイの男はグラスを三個だけ用意した。

「後、四つグラスちょうだい」女は言った。カウンターに坐っていた若者が、「俺たちにもくれるの?」と訊く。

「だからさっき言ったでしょ。あなたたちとわたしたち、全然、違うんだって。わたしたち、特別なの」女はシャンパンのびんを、肥った女に渡しながら言う。肥った女はまだハーメルンの笛吹きの笛を持っているように力なく手を差し出し、重たげにびんを持つ。

「冷えてて?」女は肥った女に訊く。肥った女はうなずく。

「ポーンと景気よく栓を抜いて頂けるかしら」女が言うと、肥った女は鉄男の顔をさぐるように見る。肥った女はシャンパンのびんを鉄男に差し出す。「駄目。わたし、腕の力、まるでないの」

「あら、わたしたち二人が盛大に音立てて、神様に抜いて差し上げましょうよ」

「駄目」「あら、そうかしら」

「駄目なの、わたし」肥った女は鉄男にシャンパンのびんを受け取れと言う。鉄男は一瞬、女を見る。女はまばたきの合図を送ってよこす。

「抜けよ」鉄男は言う。

「ジュン、駄目なの。わたしに出来るの、シャンパンの栓の抜ける音の真似だけ。力がないの。肥っててもまるで駄目」

「抜いてやろうか」若者の一人が言う。

「駄目よ、そんな事。神様に仕えもしない人が抜いたって、ひとつも意味ない」

女が言うと肥った女は、「お願い、あなたなら大丈夫。私が声出すから」と少女にびんを差し出す。

「へんなおばさんはやっぱり、へん」少女はつぶやく。

「そう、へんなの」肥った女は胸をそびやかして、大きく呼吸する。「あなたたち見て、胸が苦しいの。いまカウンターの上に、あなたたちのグラス四個あるでしょう。わたしたちは三個。あなたたち、ここに四人いた。わたしたちは三人。さっき、一般席の方に何人、人がいたと思う。七人いたの。この店に入った時、すぐわたしたちを監視していると思った。七人が客のふりして。あの人、わたしたちが酔ってるから、こっちのカウンターに移動してくれと言ったので、ここに来た。誰もいないと思ったら、あなたたち四人いた。四人、じっと、わたしを見つめている。四人って何？」

「知らねえよ」若者の一人が言う。

「バカ、仲間なのに」少女がいきなり若者の頭をはたく。「もっといるよ。もう十分もすれば、五、六人来るし、呼び出せば、何人だって集まる」

「何の仲間？」肥った女は訊く。

「さあ、何の仲間かしら」少女は笑い、ひょいと手をのばし、肥った女の手からシャンパンのびんを取る。少女は股を開いていた若者に、「ほら、ぼやぼやしないで栓抜き」とあごをしゃくる。若者はあたりをさがす。

肥った女は「あら」と声を出す。「シャンパンに栓抜きが要って」肥った女は肩をすくめる。ゆっくりと顔に微笑が広がる。こぼれるほどに微笑が広がった時、一つ、ポン、とぬいぐるみのような手をたたきあわせて、音をつくる。

「ねえ、君たち」肥った女は、鉄男と女にむかって唇に指を当て、物を言うなと合図をし、また「ねえ、君たち」と呼びかける。

「そのシャンパンのびん、わたしが栓抜きなしで指であけてあげるから、さっきの続きに加わらない事?　わたしがダンダカダンダンと大太鼓、鳴らす。この人、タンタカタンと小太鼓。あなたたち、何でもいい。ハーメルンの笛吹きみたいに、わたしたち、この素適な若い神様に従いて、どこかへ行ってしまう。ブーゲンビリアかジャカランダか、それともマグノリアの土地」

そう言うと肥った女は太鼓をたたくふりをし始める。「ダンダカダンダンダン。さあ」肥った女は女に小太鼓をたたけと声をかける。

第11章

女は肥った女に「タンタカタンタン」と声を合わせた。

肥った女は女の声を聴いて、太鼓をたたく手を止める。肥った女は少女を見る。

「いいこと。ポーン、ポーンとここで出船の時のお祭りのようにシャンパン抜いて、景気よく騒ぐの。船が入って来るのは楽しくってしょうがないけど、出ていった後はさびしいものなの。だから後々のさびしさも先取りして陽気に騒ぐ。その時は、新しい、古いってない、皆な友だち。出会った人、皆な友だち」

肥った女はシャンパンを返せと少女に手を差し出した。一瞬、躊躇して少女は、「いいんだよ」とびんで肥った女の手を払おうとする。

肥った女は素早くぬいぐるみのような手を引く。

少女はのけぞるように体をのばし、カウンターの中にいる蝶ネクタイの男に「もらったんだから、栓、そっちで抜いてよ」と渡しかかる。

「いいんですか?」蝶ネクタイの男が言う。

「いいのよ」少女は口をとんがらせる。「騒いだおわびだって、新顔だから、挨拶だって」

「いいんですか?」蝶ネクタイの男はまた言う。

鉄男は女たちの代りに、抜いてよいと返事をした。

蝶ネクタイの男と女が、合図しあってシャンパンの栓を抜いたその時、ドアが開いて、若者が一人入って来た。

シャンパンの栓が二つ、天井に当たり、若者の体めがけて飛んだ。その一つを若者は素早い身のこなしで摑み「俺を狙ってるみたいじゃないか」と言う。

カウンターの中の蝶ネクタイの男は「済みません」とあやまった。

「ま、いいけどさ。こんなコルクの栓、当たったくらいで死にゃしないけど」

若者はまっすぐ歩いて鉄男にそのコルクを差し出す。

鉄男は若者を見つめ、臆する事なくコルクの栓を受け取った。

「もう一つ、グラス」鉄男は言った。「景気よく騒ごうと言うんだから、飲んでやってくれよ」

若者は鉄男のすぐ脇に立った。

「そう。さあ、飲んで。飲んでちょうだい。グラスを持ってちょうだい」

肥った女は顔いっぱい微笑を浮かべ、泡の弾けるシャンパンの入ったグラスを差し上げる。

「皆なで一緒に、どこか遠いところに行きましょうよ。この神様に従いて、シンガポールにでもジャカルタにでも、行きましょうよ」

肥った女は若者らがグラスを持つのを待った。

新入りの若者がグラスを持ち、一等最後に少女がシャンパンの入ったグラスを持つ。

「ヘンなおばさん」少女は言って、反抗するようにいきなりグラスのシャンパンを飲み干しにかかる。

「おらァ」肥った女は少女の抜け駆けに驚いたというように肩をすくめ「かんぱい」と言って左右にこぼれるほどの微笑の顔をむけ、グラスを差し出す。

グラスのシャンパンに唇をしめらす程度だったが、シャンパンを飲んだ。

たちまち上気し、粗い息をする。

女が「酔ってしまわれて？」と訊くと、「そうなの」と答える。「もうへべれけ。べろんべろん」

若者らは肥った女の物言いを笑う。

「ぐでんぐでん、どう言えばいいのかしら、ぐるぐる眼が廻っている感じ」

肥った女は鉄男の顔を見て、膝にぬいぐるみのような手を置いた。

「眼が廻るのか？」

鉄男の言葉をどう聴いたのか、膝の筋肉を撫ぜる指でさぐる。

「若い神様の固い筋」肥った女はつぶやき、不意に涙声になる。

「どこへ行って来たの？　どこを歩き廻っていたの？　山羊の脚より固い筋」

肥った女は涙の眼を鉄男の顔に向ける。「どこへ行けばいいの？」肥った女は言う。

「さっきからあなたが言ってるじゃない。シンガポールやジャカルタだって」肥った女の膝の筋肉を撫ぜる指が、鉄男の股間近くにたどりついているのに苛立ったように女は言う。

肥った女の指は羽毛のような感触で股間に向って進む。そのままにしていれば、性器にたどりつき、筋の突起だと指でなぞるのが分かっていた。鉄男は窮状を訴えるように女を見た。女は心得ているというように、「さあ、楽隊よ」と言う。

肥った女は首を振る。

「さあ、大太鼓、鳴らして下さいな」女が言うと、肥った女は「もう疲れちゃって」と言う。

「最初二人しかいなかったのに、ほら、もう七人になってる」

肥った女は首を振る。

「二人から七人になってる」

「八人」肥った女が言うと、「あら、あなた、このバーテンも入れての事？」と言う。

肥った女は女の計略に引っ掛ったように「さっき七でしょ、今は八」と鉄男の膝から手を離し数える。女も肥った女と一緒に指を差し、声を出す。少女を四と数え、新入りの若者を五と数え、次に肥った女が鉄男を六と数えるのを聴いて、「なぜ？」と訊く。

「この方、神様じゃなかったかしら？」

「あら」肥った女は言う。

「神様も普通の人間と同じように数えて？」

「あらら」肥った女は歌うように声を出す。

「そうでしょ」「そうよねえ」

「そうなのよ。神様を数の中に入れちゃうと間違う。神様はゼロなの。絶対にゼロ。私たち、数えていいのは信者の数だけ」

「信者の数なら」と肥った女は若者たちを指差して数えはじめ、少女を四とし、新入りを五とし、「七人」と言う。

「なんだあ、わたしが四だあ？」少女が声を荒げる。

「あら。違うのかしら？」肥った女は訊く。

「どうして四なんだ」少女は言い直す。

「四でしょ？　それとも三？　五？」

「なんで三？　なんで五？」

「まあ」肥った女はあきれたという表情をつくり、鉄男を見、次に女を見る。肥った女は少女に視線を移し、微笑をつくる。

「いいわよ。あなたが何かあるって考えてるなら、最初の一だって、最後の七だって。わたしもマリさんも、まだ階級なんかつけていない。一から七まで区別なんかつけていない。いい事、さっきマリさんから叱られたの」

「あら。叱ってなんかいない」

「教えられた?」肥った女は訊く。

「それも違う。はっきり確認しておいたって事じゃない」

肥った女は「そうね」とうなずく。「二人ではっきり確認したの、神様はゼロだって事。神様だけゼロ。特別。ジュンだけ特別。その他はみんな平等の数」

「だから、なんでわたしが数なんだよ?」

肥った女は顔から微笑を消す。ゆっくりと憤怒が顔にあらわれる。

「あなた、自分が神様だと言うの?」

「いつ言った?」

「言ってるじゃない。そう言う事じゃない」

「バカ」少女は怒鳴る。

「こっちがそう言いたいわよ、バカって。バカ」肥った女は言う。

「おまえはこれだろ?」少女は頭の上で指をくるくる廻し、「気違いだろ?」と嘲ける。

「まあ」「まあ」少女は肥った女の真似をしてあいた口を手でふさぐ。

「気違いと一緒にするなよ」少女は男のような言葉を遣い続ける。

「まあ、憎たらしい」肥った女はふくれっ面で少女をにらむ。

「放っとけ」鉄男は肥った女の肩に手を掛ける。

肥った女はその手を、即座に払いのける。

「放っとけないわよ。侮辱されてるのよ」

「人を指差して数をかぞえるから」鉄男が言うと、肥った女は癇癪《かんしやく》玉が破裂したというように、いきなりぬいぐるみのような手でカウンターをたたき、「なによっ」と怒鳴る。

「なんでわたしが、ジュンからまで非難されなくちゃいけないのよ。何をわたしがしたと言うのよ。数をかぞえただけで、なんで気違い扱いされなくちゃいけないのよ」

「駄目よ、怒っちゃ」女が脇から声を掛ける。肥った女は声の方に素早く振り向く。

「なんなの？　あんた、何？」肥った女は女に言い、またカウンターをぬいぐるみのような手で激しくたたく。

「あんたは何なのよ？　いつもいつもわたしにろくでもない事、押しつけて。なんでわたしだけ非難されなくちゃいけないのよ」

「ろくでもない事って何？」

「いまだってそうじゃない。こんな赤毛の、ソバカスだらけの小娘に、わたしだけ噛みつかさせてるじゃない」

「あら、そうかしら」女の声より少女の「赤毛？　ソバカス？」という声の方が大きい。

「赤毛だって？　ソバカスだらけって？　それ、わたしの事？」少女はそう言い、「何見てるんだこの風船ババア」と嘲ける。

「誰が赤毛なんだよ？　こいつら、みんな、わたしの髪、真っ黒で素適だって、すぐ触りたがる。ソバカスだって？　わたしが化粧しないの、肌が綺麗だって自信があるからなんだ。おまえのような鮫肌の風船ババアと一緒にするな」

「あなたは赤毛でソバカスだらけ。鼻はぺっしゃんこ。出っ歯。それにそのイワシの腐ったような眼。育ちの悪さそのもの」

「じゃあ、おまえは何？　でぶでぶの風船体。トイレにも坐れないから垂れ流し」

「子供の喧嘩のような言い方なさらないで下さいな」

「その匂い。香水？　おえっとくる。風呂に入れないんだろ。小さいバスタブじゃ体が入らないし、大きなバスタブじゃ体が風船体だから浮いちゃう」

　肥った女は言い負けたというように「うるさいわね」とまたカウンターをたたく。

「垂れ流し風船ババア」

「うるさいわね」肥った女は言う。

女が潮時だというように、「さあ、外に出てホテルでもさがしましょ」と立ち上った。少女がその女に、「バカ。わたしを怒らせてホテルで眠れると思うか」とすごむ。「徹底的に気の済むまでおまえたちいびってやる」

第12章

女が勘定を済ませにレジに向った。女に言われ、鉄男は肥った女を庇うようにして正面出口の方に向った。肥った女を「風船デブ」となじっていた少女が、大声で「わたしらも行こうぜ」と若者らに声を掛ける。若者らは肥った女をからかうつもりなのか、下手な芝居のように「おう」と声を出す。「いっちょう、腕見せてやろうか」「行こうぜ。従いて行こうぜ」ばらばらと床に立つ音と若者の言い種を鉄男は気にも止めなかったが、肥った女は立ち止まり、体を震わせて怒った。背中に廻した鉄男の腕を思いっきり肥った手で払い「なによッ」と怒鳴る。声が裏返っている。

「あんたらにどうしてなじられなくちゃいけないのよ」

鉄男は肥った女の前に立ち、「行こう。シンガポールに行こう」と言う。肥った女は鉄男の言葉を聴いてはいない。

「風船デブ。たっぷりいたぶってやるよ」と言う少女の声に「どうしていたぶられなくちゃならないのよ」と返す。鉄男は肥った女の体に両腕を廻し、抱え込んで胸に引き寄せた。

「なんでこんな仕打ちを受けなくちゃいけないのよ」

肥った女は鉄男の胸の中で怒鳴った。鉄男は肥った女をあやすように背中をたたく。

「シンガポール。シンガポール」

鉄男は耳に呪文のようにささやいた。

「暑い？　暑いだろうな。暑いなら服なんかいらない。Tシャツとか半ズボンで充分だよな」

肥った女は耳に息がかかってくすぐったいというように体をよじる。

「暑いだろうな。暑さで日中はうだってるかな？　暑くないなら楽だよな」

不意に肥った女は顔を上げる。

「暑いわよ」肥った女は言う。

「暑くったってわたしはいいの。素適なの」肥った女はそう言って震えながら大きく息を吸った。

「さあ、出かけましょうよ」

勘定を済ませた女が歩いて来た。女は二人の脇に立ち、手品の種明かしだというようにクレジットカードを見せ、微笑を浮かべた。

「安物のシャンパンなのにお高いこと」

女はクレジットカードにキスを一つし、バッグの中に仕舞う。女は先に立って、ドライブ・インを出た。車の運転席のドアを開けかかり、肥った女が鉄男の胸にもたれて歩いて来るのを見て苛立ったように、「運転して頂けないかしら？」と声を掛ける。「月も綺麗だし」

「わたしが？」肥った女が立ち止まる。「駄目よ。わたしは駄目よ。くるくる目が廻ってるってさっき言ったじゃない」

「いいえ、違うの。あなたじゃないの、わたしたちの神様」

「あら。神様が運転なさるの？」

「そう。わたしたちの素適な神様」女はそう言って「ほら、見てごらんなさいな」と月を指差す。丈高く茂ったとうもろこし畑の上に薄い青い満月が出ている。

「素適だとお思いにならない？　月の明かりと向うの国道の水銀灯の明かりで、昼間なんか見ていられないくらい醜い葉のとうもろこし。広い草原とか海みたいに見えないこと」

「とうもろこしの葉って醜いのかしら？」

「そうお思いにならない？　むっとする感じなさらない？　若いとか元気があるとか、はつらつとしてるって言えばそうだけど、汗臭いのね。シャンプーの仕方知らないとか。ほら、若い娘で、あれの処理、上手に出来てないのに平気でいるとか、そんな感じ。あの赤毛の娘みたい」と
肥った女は鉄男の胸の中で肩を一つ上げ、ぐすっと音立て笑い、「あの赤毛の娘みたい」と

つぶやく。

「そう。そんな感じ」女は言い、鉄男に合図して鍵を放る。言葉遣いのバカッ丁寧さと振る舞いの違いに鉄男は女の新鮮な色気を感じる。鍵を受け止めた鉄男に後はまかせるというように、女は後部座席のドアを開け、「神様にあの月まで連れてって頂きましょうよ」と言う。女は肥った女の返事を待たずに車に乗り込んだ。

「あら」肥った女は自分の分の科白を一つ飛ばしたまま芝居が先に進んだというように、鉄男を見て「御自分のことばかり」とつぶやく。肥った女はこぼれるほどの微笑を浮かべる。

「ねえ、ジュン。この黒い畑がずっと続いている草原なら、黒いベルベットのような草原だと見えない。朝は青いベルベット、昼は緋色のベルベット、夜は黒いベルベット」

「ベルベットって?」鉄男が訊くと、肥った女は「あら。知らない?」と言う。「そうよね。殿方はあまり関心ないわね。べっちん」

肥った女はくすくす笑い出す。

「べっちん。べっちん。なに? べっちんって言い方」

肥った女はたまらなくなったと声を出して笑い始める。

「べっちん、なんて言い方なの。べっちん」

「べっちん?」肥った女は笑いながら鉄男の胸を肥ったぬいぐるみのような手ではたき、なお笑い入る。

「駄目。あなたが口にしちゃ駄目。神様が口にするような言葉じゃないの。べっちん」肥った女は身をよじるようにして笑い、「おお、下品な響き」と言い、手の甲で眼尻をぬぐう。「おかしすぎて涙が出て来たわよ。ねえ、そうでしょ。この黒い草原が黒いべっちんの草原だなんて」

肥った女は突然笑い出す。笑いながら、「とうもろこしの原っぱだから、まあ、いいのかしら」と言い、「とうもろこしが嘘をつくの、わたしは黒いべっちん、って」と笑う。眼尻を手の甲でぬぐい、「でも、神様」と肥った女は、湧き出る笑いを殺しながら言う。

「少し悲しい話じゃなくて。とげとげとかいがいがのある葉っぱでしょ。足首とか手首なんかが男の方より太い女みたい。どこもかしこもごつごつしてる女みたい。そのとうもろこしが、夜暗くなると、わたし絹のようよ、乳のようよ、と嘘つくの。わたしは黒いべっちんって」

鉄男は女から受け取った車のキイを手でなぶりながら、「ああ、そうだな」と相槌を打った。

肥った女は、鉄男の腕を取る。

「ほら、お聴きになって」肥った女は笑いを含んだ声で言う。

風が、黒いとうもろこし畑を渡ってくる。とうもろこしの丈高い茎のざわめきが立つなり、また笑い出す。

「わたしは黒いべっちん。黒いべっちん。黒いべっちん」

その時オートバイの音がした。鉄男は振り向いた。灯りを消したオートバイは、真っすぐ鉄男と肥った女の方に進み、肥った女の脇で停った。オートバイの後に少女が乗っていた。

「風船デブ。どうしたんだよ?」少女は言う。

「あら」肥った女は言う。「黒いべっちん」

鉄男は肥った女の言葉に思わず苦笑した。

「なんだあ、また、わけの分からない事、言いやがって。黒いべっちんだあ」

「あらあら。違うの。あなたの事じゃなくってよ」

「誰の事だよ?」

「違うの。違うの。違うんだってば。いいこと。お聴きになってごらんなさいな。黒いべっちん。黒いべっちんって、とうもろこしが悲しげに歌ってるみたいに聴こえない?」

「気がへんな風船ババア」少女が言うと、肥った女は肥ったぬいぐるみのような手を口に当て、

「まあ」と声を出す。「あなたはなに?」

「俺か?」少女は男のように言い、ハンドルを握った若者が振り向くと「わたしってか?」と若者に訊く。若者はうなずく。

「わたし」少女は言い直し、突然足で、若者のブレーキにかけた足のふくらはぎを蹴る。

「痛ェ」と声を出す若者の髪をすぐにわしづかみにする。

「俺は、わたしって言うたんびに痛いんだよ」少女は思いっきり髪を両の手で後に引く。若者は、声も立てずにのけぞる。少女は右手を離し、のけぞった無防備な喉に、右手で拳をつくって二度、三度と殴った。

「痛いか？　兄貴づらしやがって、俺に文句言いやがって」

肥った女は鉄男の腕にしがみついた。

「なに？」肥った女は、鉄男に訊いた。

「なに？」と少女は呻くように声を出し、肥った女の言い方にむかっ腹立ったというように、

「ああ、気に喰わないな」と言い、若者の喉につめを立てる。つめが皮を破り、肉に喰い込み、血が流れ出すのが分かる。

「止めて下さいな。そんな事」肥った女は言う。「どうしてそんな乱暴な事……」

「いいんだよ。こいつ、俺の兄貴だから。正真正銘の兄貴。親が一緒。間違えたんだ。俺が女で、こいつが男に」

「御きょうだいなの……」

「そう。御きょうだいで、恋人同士」

肥った女は「まあ」と口を手で押さえて言う。

「やめてくれよなあ」少女は髪を引いた手を離した。少女は「まあ」と言って口を手で押さえて肥った女の真似をしてから、「風船ババア。まだインネンつけようとするのかよ？」と言う。

「近親相姦じゃないの」肥った女がいうと、少女は「悪いかよ？　垂れ流し風船ババア」と言う。少女は股を広げ、若者の足に足を絡めかかる。足がうまくかからないと気づいて、今度は、手を若者の前に廻し、股間をつかむ。若者は少女の手が性器を摑み易いようにする為、腰を前に突き出す。

「こいつが俺にやろう、やろうって、言う。寝てるとこいつが来るんだ。やろうよ、やろうよって」

「ひどい」肥った女は言う。

「嘘、嘘。俺だよ、俺。俺が初めからずっとこいつを強姦してる。いつも俺の言いなり。玩具。百人もの手下のいる暴走族の頭なのに俺のいいなり。見たい？」

「なに？」肥った女は言う。

「何だって俺の、違う、わたしの」

少女は若者が振り向きかかったので言い直す。少女は若者の頭をひとつはたく。

「分かってるって。だから、わたしって言ったろ」

少女は言い、「見たい？　あれ」と肥った女に訊く。肥った女はおびえた顔で「何なの？」

と鉄男に訊く。

「さあな」鉄男が言うと、「おまえも持っているだろ。けっこういい竿なのな。比べて見る?」と若者のズボンのジッパーに指を掛ける。若者は少女の指を手で押さえた。

「何だ?」少女が言うと、若者は「自分でやる」とジッパーを下ろしはじめる。若者が勃起した性器を取り出すのを見て鉄男は肥った女の前に立ち、体を押して無言のまま車の方に歩き出した。女の坐った車の後部座席のドアを開け、中に入れと背中を押すと肥った女は、「近親相姦なのよ」と言う。「なに、あの乱暴さ。近親相姦に加えて、サド・マゾだわね」

鉄男は運転席に乗り込むなり、エンジンをかけ、すぐ発進させた。

第13章

車がカーブを切った時、ヘッドライトの明りの中に、オートバイにまたがった若者と少女の姿が浮かびあがった。鉄男が車をいきなり発進させると思わなかったらしく、若者は腰を浮かしてジッパーを上げていたし、少女は拳を振り上げ、怒鳴っていた。肥った女は振り返って、

「何、あの人たち?」と言う。

ドライブ・インの出入口に出ようと曲がった時、フェンダーミラーにオートバイのヘッドライトが映った。

「追ってくるわよ」肥った女は言う。

「何なの、あなたたち？　何なの？」

肥った女はスロットルを全開にするオートバイの若者と少女に、まるで車の中から話が出来るように問いかける。

「何なのよ？　何、言いたいのよ？　サド・マゾの近親相姦って言ったって自慢するようなものじゃないわよ。世の中にいっぱいいいる。どっさりいる」

肥った女は「ほら、追ってくる」と鉄男の肩をたたく。

「いいさ」鉄男は言い、出入口を抜ける。その時、車を追うオートバイのクラクションが響いた。

それが合図だったらしく、出入口の脇のとうもろこし畑の黒い陰にまぎれていた何台ものオートバイが次々エンジンをかけ、ヘッドライトをつける。

肥った女は「何なの、これ」とつぶやく。一様に消音器を取りはずしたオートバイの音は、黒いべっちんだと笑われたとうもろこし畑の怒りの吠え声のように響く。

「そうだろうと思った」

鉄男は独りごちて、車の速度を上げる。

「何なの？」肥った女は言う。

「遊んで欲しいって」

「そうなの？」

「そうさ」鉄男は言う。

ドライブ・インの出入口を若者と少女のオートバイが曲がり、若者が車の後を追えというように手を上げた。オートバイは一斉に動き出した。

「何なの、これ」肥った女はまた同じ言葉を言う。「気持ちの悪い。わたしの言った事が当ったの？　それともあの赤毛の娘たち、悪ふざけでこんな事してるの」

何回も同じ事を言うので、女は不安になったように、肥った女に「何？」と訊く。肥った女は真顔で女を見る。

「ハーメルンの笛吹き」

肥った女は肩をすくめ身震いし、頬を肥ったぬいぐるみのような手で撫ぜる。「言った事がその通りなるなんて鳥肌立つ」

肥った女は窓を開ける。窓から顔を突き出し「よしてちょうだい」と叫ぶ。「もういい加減によして。さっきはさっき、今は今なの。ハーメルンの笛吹きごっこ、終り。もう従いてこないで」

鉄男は苦笑する。後を追って来るオートバイの中から、三台、スピードを上げて鉄男の運転する車と並んだ。鉄男が車を加速させかかると、それをはばむように車の直前に躍り出た。三台はからかうように、ジグザグ運転する。三台はスピードを落とした。追突を避ける為に、鉄男も車のスピードを落とした。それを待っていたように、後からのオートバイが速度を上げ、車の真後につける。

「いい加減にして」

肥った女は怒鳴りつづける。

道路の脇の電柱に『ハイロー』という看板がかかっているのに気づいた。電柱一本につき『ハイロー』の看板が一枚かかっている。

「ハイロー、ハイロー」鉄男はつぶやき、女に「こいつら、いつまでも従いて来るぜ」と言った。女は「そうね」と言い、肥った女が窓から顔を出し、「何なのよ。いい加減にして」と同じ言葉を叫んでいるのを見て、「わたしたち、ちょっと安静にする必要あるわね」と言う。鉄男は女の意見に従って、ウィンカーを左に出し、車のスピードを徐々に落とした。

電柱に『モーテル・ハイロー』の看板があった。鉄男はその看板の下に車を寄せて停めた。車の直後につけていたオートバイは鉄男と共に停まった。車の前に出て蛇行してみたり、手を離したり、時折り芸をしていたオートバイ五台は、鉄男の車が停まったのに気づかず走っていた。

「何なの、あんたたち」

肥った女はクラクションに煽られたように、車の窓から怒鳴った。

「何なのよ、気持ちの悪い」

クラクションの合図に気づいてオートバイが一台、車線を無視して戻って来る。鉄男の運転する車と停止した七台ほどのオートバイのヘッドライトの眩しい明りが届く距離に来て、それが少女と少女の兄だという若者の乗ったオートバイだと分かり、鉄男は車を降りた。若者は鉄男の前でカーブを切り、少女が鉄男と向いあえるようにしてオートバイを停めた。

「逃げないのかよ？」

少女は鉄男に声を掛ける。

「もっと逃げて逃げて、逃げ廻ってくれなくちゃ、面白くないぜ」

鉄男は少女の男のような物言いに苦笑する。

「笑ったな」少女はつぶやく。「逃げろよ。早く、逃げろ」

「どうしてだ？」鉄男が訊くと、少女は「なあ、俺たち、追っかける番だから、逃げに逃げて欲しいよな」と若者に言う。若者は「まあな」と言う。少女はいきなり、若者の頭をはたく。

「まあな、じゃないだろ。逃げるの、見たいだろ」

「見たい、見たい」若者は後の少女をあやすように言い、不意に鉄男を見て、「あんた、怖ろしい目にあった事ないんだろ?」と訊く。

「なんだよ。そんな事、話してないぞ」

少女は話の方向がそれたと腹立ったように若者の髪をわしづかみにしかかる。

「おとなしくしてろ」若者は体をねじって後の少女を腕ごと抱きすくめる。「何も怖ろしい事、なかったんだろ?」

鉄男は若者の顔を見つめる。「まあな」鉄男はつぶやく。

「まあなってか?」若者は笑う。

「お前、こんな奴らに笑うな」

少女が若者の腕を振りほどこうともがく。若者と少女はよく似ている。若者は「待ってろって」と言う。

「いやだ」少女は言う。

「殺すつもりじゃないんだろう?」

「殺しちゃえばいい」少女が言うと、若者は「バカ」と笑う。

「苦しんで呻いているの見たい」

若者はまた「バカ」と笑い、鉄男の顔を見る。「こいつ、一度自分が怖ろしい目してるから、それからクセになってる。この国道ずっと行くと、クジラが出るの知ってるか? モーテルの先の道、二またになってる。左にまっすぐ行くと、昔、クジラが打ち上げられた崖っぷちの海。こいつ、オートバイに乗って走り廻ってて、その崖っぷちに放り込まれかかった」

若者は「おまえが仕組んだんだ」と暴れる少女に「だからずっと謝ってるだろ」とささやく。

「だから俺はこいつら、崖から放り込んでやりたいんだ」

「無理だよ」若者は言い、鉄男を見て真顔で「どこへ行くんだよ？」と訊く。

「シンガポール」鉄男は躊躇なしに言う。

「あの女」若者は車の中で女と話し込んでいる肥った女をあごで差す。「狂ってるのか？」「さあ」鉄男は首を振る。

「あんたの事を神様と言ってる。新興宗教のグループか？」

「さあ」鉄男は首を振る。

若者は突然少女を抱えていた腕をほどく。少女は「痛かったじゃないか」と若者の背を手で思いっきりぶつ。若者は顔をしかめ、歯をくいしばって痛みをこらえ、「ごまかさなくったっていいじゃないかよォ」と言う。

「ごまかしてない。あいつら騒いでるの、疲れてるからさ。ちょっと俺も休みたい」

「本当の事言ってくれよ。俺とそんなに齢はちがわないけど、二人の女、絶対服従させる新興宗教の教祖なんだろ。そんな奴、このごろ多いぜ」

「モーテルでも入ろうかと思ってる」

鉄男が話をそらすように言うと、「ああ、あそこか」と若者は言う。

「あそこに行こうってのか？　あの風船ババアも」少女は言う。「駄目。あの『ハイロー』は俺たちの縄張りだから、泊めてやらない」

「いいんだよ」若者は言う。

「誰も泊めてないんだからな」少女は言う。

「いいんだよ」若者が言った途端、少女はいきなり若者の頰を拳で殴りつける。次に顔面を狙って少女は殴ったが、若者はこともなげに手で払う。少女は「この野郎。この俺から少林寺で逃げやがって」といきりたち、両手を振り廻してところかまわずぶつ。少女はそれでも腹の虫がおさまらないと、若者の髪をむしり、肩に嚙みついた。

「あそこ、俺らの秘密の場所じゃないか」

「いいんだ」若者は言う。「あそこへ今日は皆で泊まる」

『ハイロー』の道は国道から左に入った。ドライブ・インを出てからと同じように五台のオートバイが先に立った。

鉄男の運転する車が受け付けに着くと、五十男が入口から出て来て、「済みません、満杯です」と断わりかかる。若者が「いいんだよ。その人ら、俺たちと一緒だから」と声を掛ける。

男は手の平を返すように不機嫌な顔になり「なるべく綺麗に使って下さい」と、鍵を渡す。

「あら、アメリカ式ねェ」

女は言い、鉄男から鍵を受け取る。ふと気づいたように、「トリプル・ベッドかしら」と言う。

「いくらアメリカ式だって、ベッド三つあるはずない」

鉄男が言うと、女は「どうするのよ？」と訊く。鉄男は答えなかった。

鉄男は車を停め、外に出る。オートバイの若者らは、鉄男の車をブロックするように次々と周囲に停めた。鉄男は何も言わなかったが、肥った女は車を降りるなり、「この停め方、何なの？」と声を荒げた。「蟻が砂糖にたかるみたいに置いて」

女は肥った女の声に振り返りもしないで、部屋を開けた。だだっ広い畳敷きの部屋があり、奥に素透しの硝子戸がついた浅い風呂がある。

「ああ、アメリカ式ねェ」

女は苦笑する。

第14章

女は部屋に入るなり、内側から鍵をかけた。

肥った女は部屋の中を見廻し、一台置いてあるテレビを前後左右点検し、手でたたいてから、スイッチを入れる。すぐ画像が出る。

「あら、普通のテレビ」

肥った女は拍子抜けしたという口調で言い、足を投げ出して座り、チャンネルを廻す。一回転、二回転させて三回転目、漫画の番組にチャンネルを合わせ、すぐ笑い声を上げた。女が鉄男に、笑っている肥った女を見てみろと合図した。肥った女は漫画に見入り、笑う度にテレビににじり寄る。息を吹きかければ画面に届く距離になって、「何てテレビって面白いの」と肥った女は感嘆の声を上げる。

「駄目よ、そんなに近くで見ちゃ」

女は言い、肥った女がテレビに見入ったまま、「いいの」と答えると、肩をすくめる。

女は畳に座り、鉄男にも座れと言った。閉めた窓際に椅子があると教えたが、女は脇に座れと鉄男の手を引いた。鉄男があぐらをかくと、女は膝に手を置いた。

「どうする?」

鉄男は訊いた。

「どうするって……」

女は言い、肥った女を見る。

「あんたにもあの人にも、責任はない。あの子、死んだって、俺一人の責任」

「死んだのかしら」

「死んだろうな」

鉄男はバットを振り降ろす仕種をやってみる。

「芯の部分で当ったよな」

「死んだのかしら」

女は言う。女は膝に置いた手に力を込める。鉄男の顔を見る。

「嘘。死んだのかしら」

「ああ、そう思うしかないな」

「嘘」

女はつぶやき、肥った女の方を見る。女は思い詰めたような顔で立ちあがり、肥った女の脇から手をのばしてチャンネルを変えかかる。

「よして下さいな」

肥った女は、女の手をおさえる。

「ニュース見るの」

「何のニュースかしら。ちょうど面白い番組なのに」

肥った女は、真剣な顔の女に「あなた、マイティー・ハーキュリー、御覧なさいな。為になってよ」と言い、「ほら」とテレビに眼で誘う。

「この可愛いのがパン。いろいろあるの。さっきまでケンタウロスとかミノタウロスなんか、でんぐり返って騒いでいたの」

「ニュースを見たいの。少しの間だけチャンネルを変えさせて」

「あら、この漫画、今の時間で一番いい番組。ニュースなんかつまらない。いつも思うの。ニュースなんか、誰かがでたらめ作って、わたしたち弱い人間を脅してるの。総理大臣とか大蔵大臣とか法務大臣とか、後は財界のお偉方ね。葉巻咥えてそっくり返って、戦争が起こった、火事があったって弱い人間を脅してるの。わたしたち、怖いからあの人たちの言いなりになるわよ」

「ニュースを見たいの」

女は強引にチャンネルを変える。肥った女は元に戻す。肥った女は「駄目」と泣き顔になる。

「よして下さいな。この番組、ずっと見ているの。病院でも家でも。マリさん」

肥った女は涙ぐむ。

「マリさん。ジュンがマイティー・ハーキュリーに似てるとお思いにならない」

「顔が?」女は鉄男を見る。「似てないわよ。もっといい男」

女はチャンネルを変える。肥った女の「駄目。よして下さいな」という涙声を無視し、次々にチャンネルを切り変える。ニュース番組に行き当たった時、ドアをたたく音がした。

「誰か来た」

テレビを見ながら女が言う。肥った女はチャンネルを持った手を離し、「誰?」と鉄男と女に訊く。鉄男は苦笑する。また激しくドアがたたかれる。

「誰?」

「誰って、あいつら以外にないだろう」

「誰なの」

「外にいるじゃないか、暴走族の連中」

「あの人たち暴走族なの? あの赤毛の女の子たち」

その少女の声がし、ドアを蹴る強い音がする。

その時ニュースがデパートの駐車場での事件を報じた。中学生のグループとフィリピンの少年らのグループが乱闘になり、双方に死者一人、重傷者一人が出た。死亡したのはこの少年だと写真が出た。

「死んだ」

女は言い、鉄男の顔を見る。鉄男は「人を殺したのか」とつぶやき、女と肥った女の顔を見る。

「死んだの」

女は首を振る。肥った女は動く事を忘れたように眼を見開いたまま鉄男を見る。

外からドアが激しくたたかれる。

「開けろ、開けろ」と少女の声がする。その男のような物言いが可愛いと思い、鉄男は妙なところでおかしくなると気づきながら笑い、ゆっくり立ちあがる。

「どこへ行くの？」

女はおびえた顔で訊く。

「駄目よ、あなた。ジュン、いいこと。これは嘘なの。でたらめなの。つくり話なの。葉巻きを咥えた財界のお偉方が、わたしたちを脅す為に嘘を作ってニュースにしてる。ニュースなんて嘘なの、嘘がニュースなの。本当の事なんて一つもない」

また少女の声がする。ドアのノブに鉄男の手が掛かると女は「自首する？」と訊く。

「いや、ドア、開けてやろうと思って」

少女の怒鳴り声が可愛いじゃないか、と言葉が湧くが声に出さないでノブを廻す。少女はウィスキーのびんを持って立っていた。その後に、少女の兄だという若者がグラスを三個持って笑みを浮かべていた。

「ほら、何もやってないじゃないか。誰も裸になってないじゃないか」

若者が言うと、少女は「うるせえんだよ」とウィスキーのびんで若者をぶちかかる。若者は身をよけ、「あのクソジジイからぶんどったんだから、割るな」と言う。

「うるせえんだ」

女はテレビのスイッチを切った。

「あら、まだマイティー・ハーキュリー、終わってないのに。ちょうど塔の上に登って宝物取ってくるところなのに」

「いいの」

女は言う。少女は部屋に入った。

「風船ババア」

少女は部屋を見廻して、硝子張りの風呂場に眼をやる。

「面白え。こんなの俺たちの部屋にないぜ。風船ババアが風呂に浮くところ、見られる」

「まあ、あなたたち」肥った女は言う。

「何の御用かしら」

「御用じゃないけど」若者は言う。若者は靴を脱いで畳に上がり、鉄男を見て「入れてくれるなら入れてもらおうと思って」と言う。

「違う、違う。俺は厭だぜ。アーメンソーメンとかナンマイダとか。ここに来たの、三人でどう姦るのか見物に来ただけ。三人で姦るんだろ?」

「まあ、何をおっしゃるの」

女は立って、部屋を見廻す少女を見る。「下品な赤毛の娘」

「下品……、俺が下品? いつも三人で姦ってるの、下品じゃないのか」

「まあ、非道い言い方」

肥った女は、女と鉄男の手を取り、自分のそばに座れと引き寄せる。女は座る。少女と若者は手を引かれても座らない鉄男を見る。肥った女は「ジュン、ジュンさん」と手を強く引く。肥った女は涙声になる。「ジュンさん、あなた優しい方でしょ。ジュンさん。いえ、神様だわ。優しい素適な神様。お座りになって。どこにも行かないで、ここにお座りになって」

少女が笑う。「風船ババア、嫌われてる」

若者が持っていたグラスを一個差し出す。鉄男は受け取らない。

「どこかへ行くつもりか?」と若者が訊く。

「ほら、酒持って来たんでしょ」

少女が手のウィスキーのびんを教え、女に「ほら」と渡して、肥った女の前に座る。

「座れよ」

少女は鉄男に言う。鉄男の代わりに若者が座った。

「あなた、神様、お座りになって。どこかに行くの？　いいえ、素適な優しいわたしたちの神様はどこにも行かない」

「座ってくれ」

若者は鉄男に言う。

「入れてくれないか。話聴きたいんだ」

鉄男は若者を見て、「宗教なんか関係ない」とつぶやく。若者は何に感心するのか、鉄男の言葉にうなずく。鉄男は部屋の隅の椅子に座った。四人が畳に座ったまま、鉄男を見ている。

「何が神様なものか。ニュースでさっき言っていた。一人、殺してしまった」

「殺したって？」

少女が訊き直す。

「ああ、バットで殴り殺してしまった」

「それで逃げてる」若者が言う。

肥った女は不満げな顔をつくり、少女に「いいこと、あの神様の言ってる事はつくり事なの」と言う。「ねえ、皆さん。本当の話ならこのわたしに訊いて下さいな。わたしが神様の一部始終をお話しする」

「おまえの話なんか訊きたくねえよ」

「あら」

肥った女は少女をにらみつける。

「どなたならいいの？　このマリさん？」

「わたしは苦手ね」

女は言い、少女にウィスキーのびんを見せ、「お酒頂いたから、わたしと神様に一杯ずつ下さらない？」と言う。若者が女にグラスを差し出した。女はグラスにウィスキーを注ぎ、一口飲んでから立ち上がって鉄男に運んで来る。女は鉄男にグラスを渡した。鉄男はグラスを持ち、空いている手で女の腰を触る。

「考えないで」

女は言う。

「わたしと会った時のように陽気にやって」

鉄男はうなずく。

「シャワーでも浴びりゃ、すぐ忘れるけどな」

鉄男が言うと、女は「そうしましょ」と言う。

「でも、あれじゃな」

硝子張りの風呂場をあごで教えると、女は「平気、平気」と言う。「あなたはわたしには特別な人だし。彼女にもそう。この方たちも特別になりたいと、ここに来ている。ひとつもこだわる事ない」

湯船には熱い湯が出るが、シャワーはどう調節しても熱くならなかった。日向水のようなぬるいシャワーが床のタイルをたたいた。鉄男は硝子の向こうから四人が見ているのを気づきながら頭からシャワーを浴びた。

第15章

流れ出るシャワーの中で息を詰めた。息をしなければ死ぬ。

鉄男は目を閉じた。シャワーの湯は髪に当たり、顔に流れ、首にも肩にもかかる。胸が苦しかった。

鉄男は、部屋に誰もいない気がした。女のベッドで目覚めてからの出来事が、幻覚だったような気がした。鉄男は息を詰めたまま、体の向きを変えた。湯は直に背中に当たった。

鉄男は目を開けた。硝子越しに、四人が鉄男の裸を見ているのを、見た。四人の視線から裸をかくすように身を引き、また頭からシャワーの湯を浴びた。苦しさにこらえ切れず、口を開けた。微かに塩分の混じった湯が、口の中に入った。大きく息を吸い、鉄男は咳込んだ。身を屈めると、シャワーの湯は背と尻に当たる。

咳続ける鉄男に気づいて、女が「大丈夫？」とドアを開けて、声を掛けた。鉄男は体を起こし、「大丈夫」と答えた。

「死んでたら咳なんかしないよな」

女はけげんそうな顔をする。

「洗ってあげましょうか？」

女は言い、鉄男の返事を聞かず「そうだ。そうしよう」と言う。女は一旦風呂場の硝子ドアを閉めて、隅でストッキングを脱ぎ、まるめて置く。

「皆がいなかったらわたしも裸になって一緒にシャワー、浴びたいけど」

女は小さな洗い台とプラスチックの洗面器を置く。洗面器の中には、使い減った石鹸が入っている。

「さあ、シャワーを止めて」

女はしゃがみかかり、「あら、洗う物ない」と言い、風呂場を見廻す。女は「なにもない」と呟き、石鹸を指で裏返す。石鹸の裏に、陰毛と分かる毛が一本くっついている。女は指先でつまみ、床の排水口の上で棄て、「気にしないわよね」と鉄男に訊く。

「気にしない」

「そう、気にしない。ジュンの服着てたのですものね」

女は風呂場のドアを開ける。足がシャワーの湯に濡れているのを知って、あたりを見て、

「ない」と呟き、脱いだストッキングを取って足をぬぐう。女は風呂場を出て、部屋の押し入れを開けた。浴衣とタオルを出して、押し入れを閉め直し、風呂場の前に立つ。

「シャワーを止めて、体を洗わせて」

女は欲情したような眼で鉄男を見る。

「いいよ。一人で気の済むまで浴びたいから」

「駄目よ」女は首を振る。「洗いたいの。あなたを洗いたいの」

女は浴衣を棄てるように置き、折りたたんだタオルを握って、風呂場の中に入って来る。女はドアを体で閉め、寄りかかって溜め息をつく。

「シャワーを止めて、ジュン。わたし、ジュンが怖いのよ」

「ああ。俺も怖い」

鉄男は性器を伝って小便のように流れ落ちるシャワーの湯を見る。

「シャワーを止めて、ジュン。シャワー、止めて」

女は言う。鉄男は女を見つめる。

「怖いの。あなたが怖いの」

「どうして怖い。人を殺したからか?」

女は「違うの」と言い、まっすぐシャワーを浴びている鉄男の方に歩いて来る。女の胸にシャワーの湯が当たる。シャワーが顔に当たり、髪に当たるのに歩み寄り続け、眩暈を起こして倒れ込むように、いきなり鉄男の体に抱きつく。服をたたくシャワーの音が立つ。硝子越しに、三人が立ち上がるのが見えた。鉄男は女に抱えられたまま、後手にシャワーを止めた。女は鉄男の裸の胸に口をつけ、強く吸う。

「食べられるなら、食べてしまいたい」

女は言い、体を離す。

「さあ、座って。わたしに体を洗わせて」

その時、肥った女が風呂場のドアを開けた。肥った女が声を出すより先に、女は、「約束して。この方の体に触れるの、わたしだけ」と大声を出す。肥った女は金縛りにあったように、目を見開き口を開けたまま女を見る。

女は裸の鉄男をかくすように立ち、背中を押しつける。

「いいこと、この方はジュンじゃないの。わたしの恋人」

肥った女は「あら」と声を出す。

「服を着てる時はジュンでもいいわよ。あなたとの関係がどんなだったか知らないけど、普段はジュンでいいわよ。でも裸になったら厭。夜になったら厭」

「なんなの、それ」

「セックスだってするわよ、恋人同士だから」

肥った女は「まあ」と口を手で押さえる。硝子に顔をくっつけてのぞいている少女が「まあ」と口を手で押さえ、肥った女の真似をする。

「だから来ないで。向こうでマイティー・ハーキュリーでも、ポパイでもなんでも見てて」

肥った女は「非道い言い方」と呟く。「あなたがここで転んだと思って心配したのに。服が濡れてしまっているのに」

「いいの。あちらへ行ってて」

「そんなになってどうするつもり」

「いいから向こうへ行ってて」

女は歩いて、肥った女が手を掛けているドアを閉めた。女は振り返って鉄男を見た。

「さあ」

女は言い、額に貼りついた濡れた髪をかき上げた。

「わかった」

鉄男は言い、身を屈めて洗い台を引き寄せ、それに尻を下ろした。

「ソープで遊んでいる気するよ」

鉄男は股を開き、思い詰めた顔で立っている女を見上げる。女は笑いもしないで、洗面器にカランから湯を汲んだ。シャワーに濡れた女の服から香料の匂いが立った。女は鉄男の前で中腰になって洗面器の湯にタオルをつけた。タオルに石鹼の泡が立ち、女はまずそこを清浄にしたいというように喉を洗った。

「こうやってあなたに触ってると安心する」

女は言う。

「肩でしょ。胸でしょ。背中でしょ。はっきりする。あなたが生きているんだって」

「生きてるさ」

鉄男は肩に置いた女の手の感触と、胸をこするタオルの感触に、いまさっきまであった苦痛のようなものが溶けていくのを知る。

性器が動く。見ていると徐々にふくらみ、胸やわき腹をこする動きに体が揺れるのに逆らうように、性器は動く。鉄男は心の中で舌打ちする。バットで頭を殴った奴が死んだし、硝子の向こうで肥った女や少女らが見つめているのに、勃起するのか。性器は舌打ちの音を聞いたように、動きが止まる。鉄男は苦笑する。

石鹼をつけなおすため、女が身を屈める。濡れた女の服から林檎のような匂いが立つ。性器が林檎の匂いを嗅ぎ止めたようにぴくりと動き、それが性の匂いだと確信したように勃《た》ち上がる。女はちょうど鉄男の背中を洗っていた。

「気持ちいいってよ」

鉄男は性器を見ながら言った。

「なに？」

女は意味が分からないらしく訊いた。

「濡れねずみになってる女に体洗ってもらってると、どんな事でもさせてくれるって思ってしまうって」

鉄男は勃起した性器が物を言ったなら、そう言うだろうと思った。女は「そうよう」と、拍子抜けするような返事をする。

「何でもして上げる。何でも。わたしの恋人だもの、神様だもの」

「一発やりたいって」

鉄男が言うと女は黙った。ただ黙々と背中をタオルでこする。

不意に女は言う。

「幻覚じゃないの。本当にわたし、ジュンを刺したの。殺したの」

「俺も殺した」

「そう」

女は言い、カランをひねり、湯を汲み直す。

「あなたも殺した。わたしも殺した。これで二人が組めば、何だって出来る」

女は鉄男の背中に湯をかけた。

「面白い事しましょうか?」

「ここで皆の見ている前で一発ってか」

女は笑い声を上げ、鉄男の前に廻る。女は鉄男の勃起した性器を見る。女は鉄男の前にしゃがみ、向かいあって「この事?」と笑い顔をつくる。鉄男の開いた膝に両の手を置き、「この事だって面白いけど、違う面白い事」と言う。鉄男は女の手を性器に導く。

「人殺したって言うのに、こいつは元気だよな」

女は性器を握る手に力を込める。

「当然よ。わたしが待ち続けた男だもの」

女は言い、顔を股間に差し入れ、性器に鼻先をつける。

「わたし、この匂い、好き」

女は性器の頭にキスをし、「あなたになぜ、あの人、紹介したか分かる?」と訊く。鉄男は女の濡れた髪に触る。

「手短に言うわね。時間がないから。あの人はわたしを信頼しきっている。わたし、あの人に保険かけている、幾つも。それで分かる？　わたしたちが香港だ、シンガポールだ、マレーシアだって言ってるの」

「保険金殺人か」

「あの人が死ねばそうなる」

「共犯者になれってか」

鉄男の言葉にうなずくように、女は勃起した性器にまたキスをし、舌を出してなめる。

「シンガポールで殺そうってか？」

第16章

女は性器を口に含んだ。口の奥で舌が動く。

肥った女が風呂場のドアを開けた。肥った女が声を掛けるより先に、女は口から吐き出すように性器を離し、立ち上がった。

「さあ、後は自分で洗って外へ出てらっして」

女は鉄男に言い、風呂場の中に入って来ようとする肥った女の体を押し戻す。

「あの方たちに、ジュンが外に出て来るまであなたの経験、話してあげて下さいな」

肥った女は体をずらし、「何なさっていたの？」と訊く。鉄男は股を開いて座って、肥った女を見る。

「何してらっしたの？」

「何にも」

女は、肥った女を押して外に出て、ドアを閉めた。鉄男は二人の女になぶられたような気になった。向きを変え、女が口に含み、吐き出した勃起したままの性器に直に石鹸をつけて洗った。

鉄男が浴衣に着替えずに元どおり服を着て戻ると、濡れたままの服の女は、こだわらないように脇に座れと言った。

肥った女は話に熱中していた。夜毎、山から天狗が現れる。天狗は閉め切った家の中にらくらくと侵入する。肥った女がどこにいようと探り当て、枕元に立ち、体を触る。肥った女は、一晩中、眠れない。次の夜も、その次の夜も、同じ事は続く。

少女は肥った女の話に聴き入っていた。

肥った女は、或る夜、あまりに苦しく、天狗に訊いた。どうして苦しめるのか？　三日間、答えなかったが、肥った女が、何か悪い事をしているはずだから、山に行って、棲んでいる崖まで登って、おまいりし、謝ると言うと、天狗は答えた。おまいりする事も要らない、謝る事も必要はない。天狗は言う。おまえは俺の見初めた女だ。後三日ほど通い続ければ、俺の嫁になる。肥った女は心から怖れた。

鉄男は肥った女が今、闇の中で直に声を聞いているようにおびえた顔をするのを見て、女と鉄男が共謀して、保険金の為に殺そうとする瞬間も、こんな顔をするだろうと思った。

鉄男は立ち上がった。肥った女は鉄男が天狗だというようにおびえた眼で見る。女が「どうしたの？」と訊く。

鉄男は「ちょっと」と答える。「湯がいきなり熱くなったからな。気持ちがよかったから、熱いままの湯、ずっとかぶっててのぼせ上がってしまった」

「汗かいてしまったの？」

鉄男は外をあごで差す。

「外で涼んで来る」

少女がいきなり「駄目」と荒げた声を立てた。「あいつら、この『ハイロー』の周りにいる。おまえ、この部屋から一歩も出れないよ」

鉄男は少女の顔を見る。

「暑いんだよ。暑っ苦しいんだ」

少女は「なんだァ」と立ち上がりかかり、若者に抱き止められる。

少女は若者の腕を振り払おうとする。若者の腕の力が強いと分かると、「暑っ苦しいの、おまえの仲間のデブ女のせいじゃないか」と怒鳴る。

「この風船デブが、うだうだ訳の分かんない事、言い始めたんだ。狂ってるって事だろ。頭がイカれてるって事だろ」

「狂ってるって？　頭がイカれてるって、わたし？」

肥った女は言う。

「いいこと？　あなた、このフジナミの市《いち》の昔からの事、知らないの。あなた、どちら？」

「俺たちは元町だよ」

少女が言うと、肥った女は「ああ、あの辺り」と明らかに軽蔑した顔をする。

「おまえ、どこだよ？」

少女が訊くと、肥った女はすかさず「京町」と答える。少女は吹き出す。

「どこかと思えばひでえとこじゃないか。犬殺しの町じゃないか」

肥った女は「まあ」と声を出し、「犬殺しの人、住んでらっしゃるの、そちらの方じゃなかったかしら」と言う。

鉄男は京町であろうと、元町であろうと、興味はなかった。鉄男は入口のドアに歩いた。

「行くな」と怒鳴る少女の言葉を無視して、靴をはき、外に出た。外に出て部屋のドアを素速く閉めた。少女の声がドアの向こうから響いた。

部屋の外に誰もいなかった。鉄男は本当に暑苦しさに我慢ならなかったように、夜気を胸いっぱい吸い、吐いた。草の匂いがした。鉄男は眼をこらした。『モーテル・ハイロー』の看板の灯りの向こうに、山波が浮き上がっていた。

不意に鉄男は自分がその山の向こうから来たのを思い出した。それを今朝まで忘れていたと思い、鉄男は苦笑し、山波を看板の灯りに邪魔されず、はっきり確かめようと歩き出した。

背後でドアが開き、「どこへ行くの？」と女が声を掛ける。

「何であんなにくっきり山が見える？」

鉄男は言葉を幾つも省略して女に訊いた。女は鉄男に謎を仕掛けられたように黙り、あわてて靴を突っかけ、外に出る。女はドアを閉める。そのドアの閉まる音に気づいたように、「ハイロー」の一等隅の暗がりから若者らが走り寄って来る。

「どこにも行けないよ」

「どこに行くんだよ」

若者らが口々に言い、鉄男の前に立つ。女は鉄男の脇に立ち、腕をつかみ、不意に「見て」と声を出す。扉を開けて肥った女らが重なり合って外を見て立っている部屋の真上を指差す。

半分ほど翳ったようなまっ赤な月が浮いている。

「あれよ、あれ」

女は言い、急にそばに居るのが鉄男ではなく別人のように、月に見とれたまま、腕を触り、胸を触る。

「あんなまっ赤な月、時々出るのよ。見た事ある?」

女は言い、突然思いついたように「出て来てごらんなさいな。またあの月、出ている」と手招きして肥った女を呼ぶ。

「どこへ行くんだよ」

若者の一人が訊いた。

鉄男は答えなかった。

「部屋から出て、どこへ行こうと言うんだよ。クジラか? 鯨が打ち上げられたっていう、あの崖っぷちに行って、ドザエモンになりたいってのかよ」

若者の一人が言うのを聴いて、鉄男は鼻で笑う。

「ドザエモンにもなれないって思ってるよ」と鉄男は呟き、女に「あんな月、俺もしょっちゅう見てたと知ってるのか?」と耳元でささやく。女は性の誘惑を受けたように、鉄男の顔に顔を擦り寄せる。

「あの人の方がもっと上手に話せるけど、あんな月の時は飢饉なのね。大凶作。沢山、怖ろしい出来事起こる」

女はそう言ってから、外に出て後を仰ぎ見ながら近寄る肥った女に「あのお話、お父様を殺したのかしら。それとも、主君を殺したのかしら?」と訊く。

肥った女はようやく部屋の真上にかかった赤い月を見たらしく、「あらァ、本当だわァ」と言い、身震いする。

「フジナミの市のお殿様の家の話、本当の話なのね。大昔の戦国時代の話。その方、他所からやって来て、敵の殿様を殺して、その城を自分の物にしたの。殿様の奥方も自分の物にした。それで或る時から、来る日も来る日も赤い月が出て、凶作になったの。どうしてこうなったのか調べていたら、殺したのは自分のお父様」

「女房にしたのは自分の母親ってか?」

鉄男が訊くと、「あら、あなた知ってて?」と肥った女は訊く。鉄男は「知らねえよ」と答え、周りにいて「どこへ行くんだよ」と難癖をつけるように言い続ける若者らを挑発するように女の耳に、「林檎のような赤」とささやく。

女が顔を動かし、耳に鉄男の唇が触れる。

「山の向こう側に行ったらな、こんな月、しょっちゅう出ている。綺麗じゃないか、おまえのあそこみたいで」

女は、二人だけの秘密だ、と言うように、鉄男の腕をぎゅっとつかむ。

鉄男は女の反応が楽しかった。女の耳元で鉄男はささやく。

「話してやろうか？」

「何？」

女は訊く。

「何、話すの」

「林檎の事じゃねえよ。俺って人間の本当の事。そうでなかったら、この坊やら、俺を見くびって、何かしでかして、とんでもない目にあう。怪我しないうちに、火傷しないうちに、皆に話しとく」

鉄男は女の腰に手を廻した。

濡れた服が体の温かみで乾きかかっている。女は鉄男の尻のあたりに手を伸ばした。

「いまさっき、あんた言ったろう。父親殺して母親と寝たと言うの。それ、俺の事」

「あら、そうかしら」

肥った女が言う。鉄男は黙って聞け、と唇に指を当てる。

「人殺しなんだよ。女と見たら、誰とでも姦る人非人だ。さっき見たろう。誰が見てたって女に触られたら、勃っちまう。ここが欠けてるのな。頭の真上のふたが、ぽかっと抜けてる。何人、敵がいようと、怖くない。あの男が言ってたじゃないか、怖い目にあった事ないみたいだって。あの山の向こうにいたから、普通の奴ならすくみ上がるような事、しょっちゅう経験してるさ。だが、俺は怖くない」

「神様だから」

肥った女は言う。

「神様？」

鉄男は笑う。

「雌の匂いしたら、どこへでもついて行った男がか？」

肥った女はうっとりとした顔つきで鉄男を見て、首を振る。

「お父様やお母様、おありになって？　御兄弟、おありになって？」

肥った女は訊く。

「いない」

鉄男は言う。

鉄男は不意に肥った女の馬鹿っ丁寧な言葉に腹立ち、唾を吐く。どこに落ちたのか、見えなかった。

「行こう。どこへでも、行こう」

鉄男は肥った女の腕もつかんだ。

「シンガポール？」

肥った女は訊く。

第17章

鉄男は声に出さず、そうだとうなずいた。肥った女が話し出すのを封じるように、「さあ、シャワーも浴びたし、ドライブするか」と、周りを取り囲んだ若者らを見てつぶやき、女の車の方に歩きかかった。

若者らが前に立ちはだかった。

「どこにも行けないよ」

若者の言葉を鉄男は鼻で吹いた。なお歩こうとすると、女と肥った女が臆したように立ち止まるのを知って、鉄男は女の腕を離して、「どけろと言うんだ」と若者の喉のあたりを払った。手刀は喉の肉に当たった。息の詰まる声を出して、若者は喉を押さえてしゃがみ込んだ。左脇の若者が、二人同時に「この野郎」「逃がすな」と声を出して、尻ポケットからジャックナイフを出して身構えた。鉄男は女に肥った女を庇ってやるように手真似し、肥った女の腕をつかんで女に押しつけた。肥った女は意志のない柔らかい人形のように動き、女に体をぶつける。

女と肥った女に気をとられた鉄男の一瞬の隙を突くように、若者のジャックナイフが鉄男の顔先をかすめた。身をそらしてかわし、体勢の崩れた若者の顔面に蹴りを入れ、次の若者の攻撃に備える為に、少年院で身につけた空手の型どおりに身構えた。

「何やってるんだ」

部屋の方から若者の声がした。

「こいつ、どこかへ行くって言いやがる」

そう答える声を聴いて、若者が「そりゃ、ないだろうよ」と鉄男に呼びかけるように言う。若者は鉄男の背後から駆けて来る。

女と肥った女のいる背後から攻撃を受ければ太刀打ちできなくなる、と緊張すると、若者は止まり、「どこへ行くんだよ。もっと話聴かせてくれよ」と戦意のない声で言う。

「どこへ行こうと、俺の勝手だ」

鉄男は言う。

「行くなよ」

若者は言い、黙る。鉄男は若者の沈黙が一斉攻撃の前触れのように思え、緊張した。耳をそばだてて若者の立てる音を聴こうとし、体の全てを使って動きを察知しようとした。

ナイフを握った若者が動き出す気配を感じ、動きを封じる為に廻し蹴りを入れようとした時、背後から若者が「やめろ、おまえら」と声を掛ける。

「さっき、俺はこの人と兄弟の杯、交わしたんだ。俺の兄貴分だ」

「兄貴分?」

鉄男は言う。

「さっき俺は杯、もらった」

若者は言い、すたすたと歩いて鉄男と若者たちの間に立つ。

「いいんだ。兄貴だから何やったっていい。どこへだって行ける。好きなところへ行ける」

「三人まとめてクジラの崖っぷちから放り込んでやるんじゃねえの?」

若者の一人がつぶやくと、若者は「バカ。そんな事の出来る三人じゃねえって。見たら分かるだろ」と言い、鉄男の顔を見つめる。

「連れてってくれ」

若者は思いつめたように言う。

「もうあんたなら俺を見抜いている。俺を連れてってくれよ。俺とあいつ、骨の芯から叩き直してくれよ」

「連れてくも何も……」と鉄男が言うと、「ああ、何もかも分かってる」と言葉をさえぎり、

「タカシ」と荒らげた声を出す。一等左端にいてジャックナイフを持って低く身構えた若者が

返事をする。

「タカシ。来い」

若者は呼ぶ。タカシと呼ばれた若者は体を起こし、鉄男をにらみつけたまま若者の方へ歩く。

若者は、前に立ったタカシと呼ばれた若者の肩に手を置く。

「おまえ、今から頭、やれ」

若者が言うと、タカシは「俺が？」とつぶやく。

「俺はもう、おまえらと遊ぶ歳じゃねえよ。おまえなら頭やっていける。下の奴の面倒見もいいしな」

若者は、とまどいのために自然と下がったタカシのあごを上げる。

「やれるだろ？」

若者が訊くと、「会長はクジラの崖に放り込まれても文句を言いませんか？」と突飛な事を訊く。若者は苦笑し、「おうれ」と声を出してタカシの頭をとんとんとはたく。

「まさかおまえらが、退めた会長をそんな目に遭わすほど薄情とは思わんが、退めたらそんなもんだと分かる。おまえらも疲れるだろ。このままずっと俺が頭やってて、あいつが俺を奴隷のように扱うの見るの」

タカシは「まあ、それは……」と言い淀む。若者はタカシの肩を両手でつかみ、くるりと後を向かせる。

「いいか、今からこのタカシが頭、張る。会長だ。もうここにいる必要ない。このタカシの指揮に従って動け」

若者は言って、タカシに「ほら、命令しろ」と体を揺さぶる。タカシは青くささの残った声で、「これからクジラの崖へ放り込みに行く」とまた突飛な事を言う。「赤い月も出てるし。最初に見つけた車、イケニエにする」


事態の意外ななりゆきで、鉄男は体にわき上がった凶暴さが鎮まるのを気づいた。『モーテル・ハイロー』の敷地内にいたオートバイが、新会長のタカシの指揮で、一台ももれなく外に出て、鉄男は二人の女を連れて部屋に戻った。

女は蒲団を三つ敷いた。女が濡れて乾き切らない服が気持ち悪いと、先に真中の蒲団を占領し、素速く浴衣に着替えて、もぐり込んだ時、若者と少女が顔を出した。

若者も少女も浴衣に着替えていた。

女は戸口に立った若者に「もう疲れたの、眠りたいの」と蒲団の中から言った。若者は「俺、この人と話がしたくって」と、胡座をかいてウィスキーを飲んでいる鉄男をあごで差す。肥った女は浴衣を広げ、着替えるかどうか、独り言をつぶやきながら、思案していた。

「ちょっとくらいなら話していいだろ」

若者が言うと、「ねえ、おかしいの、あの人だけじゃないの。わたしもここが弱いの」とすっぽり首まで被った蒲団から腕を出して、頭を叩く。

「わたし、この人に惚れてる。この人、誰かと話してると、誰かに連れて行かれそうで、わたしは駄目。眠れない。眠れないと、どんどん妄想わいて来る」

「この人が誰かを連れて行くんじゃないのか」

「いいえ、違うのよ」

女は頭を上げ、体を起こしかかる。女は頭を振る。

「何か、耳鳴りがするわね」

女は独りごち、起き上がって胸のえりを合わせ、「この人がふらふらと従いていく」と言い、また頭を振り、鉄男に「ジュン、耳鳴りがする」と訴えかける。

「具合が悪いのか？」

鉄男が訊くと、「いいえ。さっき顔を洗った時、今日は疲れてるから念の為にと、病院のクスリ、飲んでおいた。もっと違う事。もっと怖い事」と言い、急に気づいたように、浴衣を畳んだり広げたりしながら、ぶつぶつ小声で独り言をつぶやく肥った女を見て「ねえ、何かヘンじゃない」と訊く。女は肥った女に「ねえ」と呼びかけ続ける。

「ねえ、ヘンな感じしないこと?」

戸口に若者と並んで立った浴衣姿の少女が「風船デブ、呼んでるだろ」と怒鳴る。若者が少女をたしなめた。肥った女は少女の声に条件反射のように「あら」と驚きの声を立て、戸口を見て「ひどい身なり」と言う。

「浴衣じゃねえか」

少女は口をとがらせる。

「このモーテルのジジイが旅館みたいに部屋に置いてる浴衣じゃねえか」

肥った女は少女の言葉を聴いて、汚い物だというように、手に広げていた浴衣を放り棄てる。

「どなたが着たか分からなくってよ」

その肥った女に、女は、今ヘンな気分しないか、と訊いた。肥った女が「さあ」と首を振ると、女は鉄男に訴えかけるように、「あの赤い月のせい」と言う。

「何かとてつもなく酷い事が、今、赤い月のせいで起こってる。それも一つじゃなくって幾つも、幾つも。耳の中で人の呻き声がわんわん響いている」

「疲れてるんだから、眠れよ」

鉄男は言った。

「そう、眠る」

女は言って、首を傾け、耳から耳鳴りを取り出そうとするように掌でたたく。

「ねえ、帰って下さらない」

女は戸口の若者に言う。

「ちょっとこの人と話がしたくって」

若者は思いついたように「本当にシンガポールに行くなら、俺たちパスポートだって要るし」と言い出す。

女は身を乗り出して、隣の蒲団をめくり、鉄男に「ねえ、あなたも眠って」と言う。鉄男が同意したと言うように、ウィスキーのグラスを床に置くと、女は若者に「全部、明日」と言う。

「複雑な話は全部、明日」

閉め切ったモーテルの部屋の戸が叩かれ、その音で鉄男が目覚めた。女ら二人はまだ眠っていた。

暗いままの部屋でテレビを点けて時間を確かめた。昼を過ぎていた。起きて戸を開けると、明るい外に立っていた若者と少女は待ちかねたように、両手に持った袋を差し出す。

「食い物。ホカ弁とかサンドイッチとか果物」

若者は言って、かまちに腰かけ、次々と取り出す。若者は後を振り返り、戸口に立っている少女に、「ほら、出しな」と言う。少女は素直に袋を差し出す。若者はコーラ、オレンジジュース、牛乳と取り出す。

「俺たち、朝の七時くらいから起きてる。朝飯と昼飯、もう二度も食ってる」

若者は言い、鉄男にコーラの大きなボトルを持ち、「飲むだろ?」とびんを開けようかと手ぶりで訊く。鉄男が首を振ると、「飲んでくれよ」と言って、ふたをねじって開ける。

「そのまま口つけて飲んでいいから」

鉄男がとまどい、親切を受けない手はないと、塩化ビニルの大きなボトルを持ち、一口飲むと、若者は「生きていてくれてよかった」と言う。

「なんだよ」

「あんたら宗教だろ?」

鉄男が「何言ってるんだ、バカヤロ!」と苦笑してつぶやき、もう一口、コーラを飲むと、若者は嬉しげに鉄男を見る。

「そんな感じだよな。だからいつまでも起きてこないと、三人で死んじゃったんじゃないかって心配してたんだ」

第18章

二人の女が自然に起き出すまでと、外に出て鉄男は待った。二人は寝入ったままだった。

『モーテル・ハイロー』の男が苦情を言いたげに、受付の窓から顔を出した。「本当に死んでるかもしれんな」と言って部屋に戻り、女を鉄男は起こした。

「疲れているだろうから、もっと寝かせてやりたいけどな」

鉄男が言うと、女は腕時計を見る。「もうこんな時間」と声を出し、寝入ったままの肥った女に「さあ、早く行くわよ」と言う。「する事いっぱいあるの。今日しなくちゃいけない事、いっぱいある」

女は起き上がって、乾いて皺の寄ったスカートをつける。鉄男は外に出て、若者に「生きてたよ」と言った。

若者は、鉄男が、三人で死んでいるという言葉にこだわっている、と気づいて気後れしたように曖昧な笑いを返す。女と肥った女が姿を現すと、若者は「死ぬはずないよね」と呟く。

若者のオートバイの先導で『モーテル・ハイロー』の先の喫茶店に入った。女は手洗いに立ち、出て来るなり、「服を取りにお家まで戻らない？」と肥った女に訊く。

「皺だらけだから？」

肥った女は訊き返す。

「わたしたち、高飛びの準備にデパートに買物に行ったのよ。それがこんなとこに来て、皺だらけの服着てる」

肥った女は運ばれてきた熱いミルクをすすりかかり、テーブルの隅のシュガーポットに眼をとめる。

「あら、綺麗なスプーン」

肥った女はスプーンを取り、見つめ、「どこで買えるのかしら?」と訊く。女はあきれたと溜息をつく。

「そうね、何もかもシンガポールね。こうなった以上、シンガポールまでがまんして、あそこで大量に仕入れた方がいいわね」

女が苦笑して周囲を見渡すと、若者が「もうチケット取ってる?」と訊く。

「まだ」女は言う。

「俺たちパスポート持ってない」若者は言う。

「あたしたちだって」女が言う。

肥った女がミルクの入ったカップをテーブルに置き、「パスポート要るの?」と訊く。

「要るだろ?」若者は少女に訊く。

「さあ、分かんない」

少女が首を振ると、若者は「要るよ。シンガポールは外国だから」と言って、鉄男を見、「皆、パスポートも持たないで外国へ行こうとするんだ?」と言う。

「一度と見た事ねえよ」鉄男は言う。「あれ、何年何月生まれって書いてるだろ。父親が誰兵衛、母親が誰子って」

「そうだったかしら?」

女が言う。

「そんなもの持った事ない」鉄男は言い、女に「俺のパスポート、作れるのかよ」と訊く。女は鉄男の膝に手を置く。

「作ってるに決まってるでしょ。あなたはジュン。わたしとジュンとは夫婦よ。一緒に写真と共に出しておいた。この人の分も出しておいた。あと四、五日も経てば、旅行会社からシンガポール行きのチケットと一緒に届く」

「パスポートあるんだ」

若者は失望したように言う。

「行くつもり?」

女は訊いた。

「行きたいよ」

若者は言う。

「昨夜で暴走族、卒業してしまったしよ。こいつと二人、従いて行くしかないよ」

若者は鉄男に「従いて行ってもいいだろ?」と訊く。鉄男が言い淀むと、女は、「あなた、決めて」と鉄男を促す。

「どっちでもいいさ。どうせ俺はフジナミの市に来て、おまえらにとっつかまった男だから」

その日のうちに、女の使っている旅行代理店に、若者と少女はパスポート用の書類を持ち込んで申請を依頼し、女は自分たち三人のチケットを若者と少女のチケットの日づけに合わせた。

シンガポールに飛ぶまで十日ほどあった。

十日をどう過ごすか思案すると、女は家に戻ろうか、と訊く。

「あの家か?」

鉄男が渋ると、女は「わたしだって」と言い、肥った女に「あなたの家に泊めてくれる?」と訊く。

肥った女は即座に「駄目よ」と言う。

「わたしも戻るの、厭。いいこと、あの家は必ず意地悪する。夜中、壁とか木戸が鳴って、寝かせてくれない」

肥った女の拒絶に合い、人に顔を会わすのを覚悟で市内のホテルに部屋を取ろうと決めた時、若者が自分たちの部屋を貸すと言い出した。上に三つ部屋があり、一人一部屋使えばよい。

願ってもみない条件だと鉄男は思ったが、肥った女は、若者が窓から天狗の棲む崖が見えると言うと、「駄目よ、そんな怖ろしい」と、身を震わせて拒んだ。

「それならわたしの家に来て。わたしが我慢すればいいのだから」

肥った女の家の垣根には、甘い匂いを放すすいかずらが繁茂していた。

車の後ろに従いて走ってきた若者が、オートバイを垣根すれすれに置くと、肥った女は、「まあ」と、声をあげ、文句を言いかかり、言葉を呑み込む。

肥った女は裏木戸を開けかかる。かんぬきが開かないと言うように手を放し、正門に戻る。

そのかんぬきも動かない。

「ちょっと留守にするとこうなの」

肥った女は鉄男に助けを求めるように言う。鉄男は肥った女に代わった。かんぬきは難なく開いた。

「いつもこうなのね。わたしだと意地悪をする。見て、このすいかずらの蔓の伸びよう」

肥った女は戸を開け、庭に入る。

「さあ、いいこと。ちょっとお邪魔するだけだから。わたしやお客様に悪戯したり、意地悪したりしないでちょうだい。あなた覚えてる？」

肥った女は、女に訊く。

「あなたの自転車のこと」

女は「ああ」とうなずく。

「この人、あの垣根に自転車もたせかけて話していたの。ほんの三十分ほど。そしたら、見てごらんなさいな。なんて意地悪なの。もたせかけた自転車が、重い、あちら へ行ってちょうだいって言うように、すいかずらが自転車を蔓で巻きつけてはねのけかかってるの」

「勢いが強くって厭ね」

「あなたの事、好きじゃないのね」

肥った女が言うと、若者が「あの草が、好き嫌い言うのか？」と訊く。肥った女は若者と少女を見る。

「ええ、そうよ」

肥った女は平然とした顔で言う。

「草がかよ？」

少女が男のような物言いをすると、肥った女は植物の意志を受けて、代弁するように、「草じゃなくって、花」と言う。

「この家の垣根、全部すいかずらになってしまった。強い花なの」

「草じゃねえか」

少女はそう言って、すいかずらの蔓をむしる。

肥った女は玄関を開けるなり、家中の窓を開け放して欲しいと言った。

鉄男の後に従いて、若者と少女が二階に上がった。隣の部屋を頼み、鉄男は十二畳ほどある部屋の窓を開けかかった。雨戸を一枚ずつ戸袋に納《しま》い、硝子窓を開け、ふと目の前の丈高い木を見ると、山鳩の巣がかかっている。少女に教えてやろうと、隣の部屋に入ると、若者と少女がキスをしている。

若者が鉄男に気づいて、少女を離そうとした。少女は「まだ」と、若者を引き寄せようとする。若者は「まだ全部、窓、開けてないじゃないか」と少女の手を払う。

少女は若者の態度から人がいるのに気づいたように、振り返り、鉄男を見て、「いつもしてるよ」と言う。

「バカ」若者は言う。

「俺、こいつ好きなんだから」

若者は鉄男の眼からのがれるように硝子窓の錠をはずし、雨戸を戸袋の方へ動かしはじめる。

少女はその若者の尻をぽんぽんと叩く。

「いいケツしてやがんの」

少女は鉄男の眼を見つめたまま言う。

「山鳩の巣、木にある」

鉄男は言い、無自覚に湧いてくる怒りのようなものから眼をそらす為のように、踵を返し、部屋の外に出る。鉄男の背に「ふーん」と、人を小馬鹿にしたような少女の声がかかる。

肥った女は庭に面した床の間のある部屋が、一等物の怪に満ちた場所だと言った。

「あなた、ここへ寝ていただける？」

女は、肥った女と相談したと言い、夜はその部屋の隣、いつも肥った女の寝起きする部屋に女二人寝る、と言った。

「あの二人は？」

鉄男が訊くと、二階の二部屋をどう使ってもよい、と言う。

「あいつら本当のきょうだいだぜ」

鉄男が言うと、「そうなんでしょ」と、女は言う。不服そうな顔をしていると、女は鉄男を笑い、「近親相姦が気に喰わないのね」と言う。鉄男は黙ったままだった。女は鉄男を見て、真顔になった。

「人殺しと近親相姦、どっちが罪？」

女は小声で訊く。

「分からん」

鉄男が言うと、女は「神様だから答えてよ」と呟く。

女は鉄男のジャケットの襟をめくる。

「ジュンのジャケット、家へ戻って持ってくるわね。トキオ・クマガイも、アルマーニも、ヴァレンチノも。ジュンの物持ってくる。ここからシンガポールへ行くの」

「人殺しにか?」

「そう」

女は言う。

「あの近親相姦の二人だって、わたしたちの餌食。親元から金を持ち出せる限り、持ち出させる。だから、どうか人殺しと近親相姦、どっちが罪か、解いといてちょうだい」

女は鉄男にキスをする。

第19章

勝手口の戸を開けに行った肥った女が土間に立って鉄男と女を見ていた。肥った女は、唇を離し女の腰を支えていた手を離す鉄男を見つめたまま、土間から板間に上がり、開けた戸の向こうに広がる夏先の勢いよく繁った草花とも、すいかずらの繁茂とも分からない緑の群生の怨霊を身に蓄えているというように、威猛々しく歩いて来て、「そんなこと、なさらないで下さいな」と言う。

肥った女がそばに立ったのに気づかなかった女は、肥った女の声に「あら」と驚き、「いたの？」と言う。

「見てたわよ」

「話聴かれたのかしら」

女はつぶやく。鉄男は女に共犯の運命だというように、「俺らがここで抱きあうの、そこで見てたな」と言う。鉄男は女の腰を引き寄せる。

「その戸、急に開いたから明るくなったろ」

鉄男は、肥った女が家の周りに萌え出るように生えた植物の怨霊の化身のように見えた、と言いたかったが、口を閉ざした。

二階から若者と少女が降りて来た。少女は三人を見るなり、「ひでえ家」と言う。「草だらけじゃん。それにこのあたり、沼ばっかしのどうしようもないところじゃん」

「沼がどうしたとおっしゃるの？」

「葦とか畳の草刈ってた人らの住んでたところだろ？」

若者が言うと、肥った女は「藺草というの」とつけ加える。「畳の草じゃないの、藺草。綺麗よ、素適よ」

肥った女は言う。表情が明るくなる。

女が鉄男の耳に口を寄せ、「ほら、また」と小声でささやいた。鉄男は女の顔を見た。

「家から洋服を取ってくるから、お相手してあげて」

女は鉄男の腕をつねる。

「ずっと、病院でも外でも、この人の千夜一夜の話聴いてきたんだから」

女は肥った女に「あなた、素適な千夜一夜の話、神様にも、このお若い方たちにも、聞かせてあげて下さいな」と笑みを顔いっぱいに浮かべて言う。

「いいのかしら?」

肥った女は言う。

「ええ、いいですとも。覚えてらっしゃる? わたしは毎日毎日、あなたのお話に耳を傾けた。あなたのお話、最高に素適だった。この方ったら、耳を傾けているわたしや他の患者さんまで、その千夜一夜のお話の中に登場させて下さるの。どんなお話だって出来る。わたしが恋物語にしてちょうだいと頼むと、あなた、恋物語をしてくれるの」

「あれで治ったのかしら?」

女はさあ、と笑みを浮かべたまま首を傾け、「治ったんじゃないかしら」と言い、鉄男の腕をまたつねる。

「あなたのジャケット、取ってくる。それに林檎も」

肥った女は、女が外に出た途端、鉄男の腕を取り、「そこに座って下さいな」と大きな部屋の床の間を指した。白い牡丹の絵の掛軸のかかった床の間を鉄男が見ると、肥った女は座蒲団を一つ、床の間の前に置き、「さあ、お座りになって」と言う。肥った女は鉄男の腕を引いて座らせた。

肥った女は鉄男が座ると、急に若者と少女の姿が神経に触るというように、「千夜一夜のほんとうの一夜目なのだから、おとなしく座って下さるか、どこか遠くへ行ってちょうだい」と言う。

「なんだよ」

少女は不平顔になる。

「またおかしな事言い始めた」

「いいえ」

肥った女は首を振る。

「座ってやれ」

鉄男は少女に言った。若者は少女の肩に手をかけ、かき抱くようにして「座ろう」とささやく。肥った女は「違うの」と、あわてて手を振る。若者がとまどうと、肥った女は鉄男の真正面あたりに立ち、「あなた、ここね」と少女に言い、次に三歩ほど離れた横に立って、「君はここ」と若者に言う。

「なんだァ。座るところまで文句言われるのかァ」

少女は言う。肥った女は少女の挑戦的な物言いに弱みを突かれたように、「違うのよォ」と言って、取りなしを頼むように鉄男を見る。

「病院でもいつもそうしてたの。分かってもらえない？　そうして座ってもらえないと話せない。そうして座ってもらったの。千夜一夜の一夜から千夜まで、そうしてもらわないと始まらない」

肥った女はべそをかく。

少女は、言いなりにならない、と態度で示すために、わざとらしく若者の腰に腕を廻し、「ヘンなババァ」と声を出す。

「座って。駄目なの。そうでなかったら、話出来ない」

鉄男は少女に言うより、若者に命令する方が手っ取早いと思って、「ほら」と若者にあごをしゃくってせかせた。若者は少女の腕を腰からほどき、「俺が逃げたっていいのか？」と、真顔で訊く。少女は若者を見つめる。悔しさを耐えるように唇を嚙み、少女は若者を見つめ、いきなり爪で顔をかこうとする。

若者は身をそらしてよけ、少女の腕をつかみ、「言うとおりにしろ」と突き飛ばす。少女は倒れかかり、瞬時、素速い動作で若者の腕を取って体を支え、「この野郎」と若者につかみかかる。手足を振り廻すだけの少女は、難なく若者に抱きすくめられる。

「よして下さいな」

肥った女が声を震わせて言うので、鉄男は若者に、妹一人おさめる事できないのか、と明らかに蔑みの混じった声で「どっかへ行け」と言う。

若者は衝撃を受けたように、声もなしに一つうなずき、「おまえ、兄ちゃんを殺すのか？」と抱きすくめた少女に言う。

「兄ちゃんを殺したいのか？　兄ちゃんをもっともっと苦しめたいのか？」

少女は若者の腕の中で暴れる。

「バカヤロー」

少女は怒鳴る。

「苦しめたいんだろ？」

「何遍も言ってるだろ。好きだって言ってるじゃないか」

「だから、その好きが駄目なんだと言ってるだろ」

若者は鉄男を見る。鉄男の眼が若者と少女を許していないと取ったように、若者はまた一つうなずき、「行こう」と少女に言う。

「あの人の言う事を聴けないなら、ここにもいれない。シンガポールにも行けっこない。あの人、神様だよ」

「何が神様なものか。昨日、風呂場で竿、勃ってた」

「それでも神様だよ」

若者は言う。

「この仲間に入ろうと思うなら、あの人の言うとおりにしなくちゃ駄目なんだ」

若者が少女の腕を引いて歩きかかると、不意に肥った女は、「ここにお座りになって」と、縁側の方に小走りに駆ける。部屋から出て、肥った女は縁側に立ち、「ああ、ほら、ここならあなた方、神経に触らない」と言う。

肥った女は、肥ったぬいぐるみのような腕で手招きする。

「いらっしゃいな、あなたたち。ここ、すいかずらの甘い匂いがしてよ。蜜蜂がまたすいかずらの蜜を集めに来てる。すいかずらの匂いと蜜蜂が、あなたたちの棘を取ってくれるから。わたしの神経に触らなくってよ」

肥った女は友だちを呼ぶように手を振る。

若者は判断をあおぐように鉄男を見て、肥った女の立つ縁側の方へ少女を抱え込んだまま歩く。肥った女は若者と少女が近づくと、怖ろしい物から身を避けるように、鉄男の方に歩き、床の間を背にして座っている鉄男に「気持ち悪いわよ。もう始まってる。いつもこうなの」と、脈絡のつかない事を話しかけ、鉄男の脇に座る。

肥った女は鉄男の肩に糸屑か蜘蛛《くも》の糸がついているように払い、「心配よ、ジュンまで巻き込まれるというのが怖いの」と言う。肥った女は、払っても払っても糸屑か蜘蛛の糸がまといつくというように、鉄男のジャケットの肩を払い続け、鉄男が「どうした？」と訊くと、急に思い出したように「千夜一夜のお話をして差し上げるのよね」と訊く。

「ああ、そう言ってた」

鉄男が言うと、肥った女は、鉄男の膝に手を置き、「こんな事見られたら、あの人に意地悪されるかしら」と笑い、膝を叩く。

「でも、こうしないと不安なの、ジュンが千夜一夜のお話の中に入り込んでしまいそうで。ジュンの膝、ジュンの筋肉、触ってると安心する。聴いてくれる？　いつも千夜一夜の話、話し始めようとする度に、必ずお話と同じ事が起きる。いまもそう、そうなの。わたし、あの二人のお話を話そうとしてたの。見て、あの二人。抱えあって座って、キスしてる。見て」

肥った女は縁側の二人を指差す。

第20章

鉄男は肥った女の指差す縁側を見た。濃い光の中であぐらをかいた若者と立膝の少女がキスをしている。

「ごらんなさいな。きょうだいなのに、あんな事」

肥った女は不意に言い淀んで息を止め、それ以上見つめる事が出来ないと視線をはずし、鉄男を見る。

「あ、ジュンの」と言いかかり、言葉で言うより行動する方が速いと手を伸ばし、また糸屑でもついているように鉄男の肩を払う。

「あんな二人がいたのよ」

肥った女は溜息をつく。

女の名前はモヨと言い、男はモヘイと言った。モヨとモヘイはフジナミの市の名前の由来になった馬喰の市に父親と共に連れて来られた幼い姉と弟だった。

肥った女はすぐそばに市の名残りの給水場跡があると言った。

「ほんのすぐ。そのあたりに二人のきょうだいがいたの」

肥った女は、縁側の二人がそのモヨとモヘイのきょうだいだと言うように見て、いやがる若者にキスを無理じいする少女をなじるように、「ああ」と声を出す。

「あんなふうだった」

肥った女は言う。

と言うのも、二人の幼いきょうだいを市に連れて来た父親は、ぷっつりと市から姿を消した。市のはずれにあった飴や餅売りの小屋のあたりにたむろする二人のきょうだいに、物売りの女らが気づき、馬喰らの男が気づいたのは、秋も深くなって、長い雨が降り続け、土がじゅくじゅくとぬかるみ、牛馬の糞や体が放つ厭な臭いが薄らぎはじめる頃だった。物売りの女が餅を一つくすねて逃げる女の子を追って、牛馬や馬喰でごった返す市の中をさがすと、二人は牛をつなぐ塀の陰で、いまさっきくすねた一つの餅を二つに分け、「姉さんが大きい方を喰え」「弟の方こそ大きい方を食べろ」と言い合い、結局、幼い弟の方が大きい方を取って、寒さに体をこすり合わせながら楽しげに食べている。

「やい、てめえたち、この泥棒猫」と物売りの女は声を出し、顔をしかめて立ったが、一目見ただけで親とはぐれた哀れなみなし児と分かる子供を心の中ではとっちめる気はない。上の女の子は気丈夫ににらみ返すが、下の男の子は、いまさっきの楽しげな様子もどこかは、かじりかけの餅を持って、うえーんと声を上げて泣き出す始末。物売りはくすねられた餅のくやしさも忘れ、幼い二人の哀れさに同情し、それで二人を市の世話役の元へ連れていった。

二人は世話役から訊かれ、牛を売りに父親とフジナミの市に来て、父親とはぐれてしまったと言うだけで、父親の名が何と言うのか、どこから来たのか言わなかった。それでは父親をさがす手だてもないと世話役はなじるが、姉も弟も鳥の雛のように口を閉ざしている。それで周りの大人らは、理由あって父親はきょうだいを棄てたし、きょうだいもそれを承知していると考え、しかし、幼い二人を放っておくわけにいかず、結局、子のないその餅売りの女が手元に引きとる事にした。

市の立つ日は餅を売り、春夏は人の田へ働きに出て、秋冬になると、フジナミの市の方々にある沼に生え出た葦を刈り、夏の熱い日差しを避けるヨシズを編む。

幼い二人は餅売りについて廻り、声を張り上げるだけだったが、ほどなく姉の方は器量よしの娘に育ち、弟の方も体格のよい若者に育つ。幼い頃からむつまじく育ったきょうだいは、片時も離れず、市で餅を売り、田で働き、秋も深まって長雨がじゅくじゅくと降り続ける頃、程良く育ち枯れかかった葦を刈る。

器量よしの娘も体格のよい若者も、腰までつかる沼の水の冷たさも顔にはねる泥も苦にならない、というように働いたが、餅売りの女は人から、二人がまるで夫婦のようだ、恋人どうしのようだ、と言われるし、また自分の眼から見ても、むつみ合うのが乳繰り合っているように見え、二人に話を持ちかける事にした。

いまのまま餅を売り、田で働き、葦を刈る暮らしでは、娘も若者も朽ちてしまうだけだから、継親の事はかまわないから他所に奉公に出ろ。それで娘は商家に奉公に出たし、若者はいままで育ててもらった恩義があるからと家に残った。

若者は働きに働いた。沼の中に腰までつかり、冷たい水に手を入れ、葦を刈り、泥まみれになって働くその間にも、姉の顔を片時も忘れず、会いたさがつのり、姉の奉公先に出かけた。姉は商家でますます器量よしになった。しもやけの足も治ったし、あかぎれの手は葦の葉で痛める事もなければ、冷たい水が沁みる事もない。商家の奉公は沼で葦刈りをするのに比べれば、極楽にいるようなものだった。

しかし、弟恋しさがつのった。時々、フジナミの市の葦の生えた沼の方を見て、弟一人を苦しめている気になった。弟はその姉の姿を垣間見て、姉が自分のような泥まみれの姿でないのを喜び、また働く事に張りが出て、家に帰った。

一年たち二年たつと、姉は見違えるような娘になった。言葉づかいも物腰も優美で、その姿が人伝に広がり、何人もの旦那衆から嫁の話が持ち込まれた。

嫁ぎ話が決まった頃、姉は弟に一度商家へ訪ねて来いと手紙を出した。弟の方は何度も姉恋しさに商家へ行って姉の姿を垣間見ているので、嫁ぎ話が決まったのも知っている。しかし、手紙は弟の手に渡らなかった。手紙をもって来た者は、家の廻りをうろつき、沼をさがしたが、弟に「おまえが弟か？」とも訊かず帰ってしまった。

姉は弟がいなかったと知らされた。姉は、もしや弟の身に不幸でもあったのではないかと案じ、何度も何度も手紙を書いた。その都度、弟はいなかったと教えられた。

弟が生きてないなら、ひとりさみしく生きながらえる気はない。知りもしない男の元へ嫁ぐ気はさらさらない。姉は弟のたくましい手を思い出し、はじけるような若さの体を思い出し、商家から金で売られるように男の元へ嫁ぐのを呪い、弟が本当にいないのか自分の眼で確かめてみようと計画した。

その姉の計画をいつものようにこっそりと垣間見て、弟は一部始終知っていた。

嫁ぐ日の輿入れの行列を無理に頼んで、昔、自分も住んでいた家の方を廻り、弟と一緒に葦を刈った沼を通って見る。もし弟がいないのなら、弟が生きていないものだと思って自分も死ぬ。

弟は胸張りさけそうになりながら、その日も沼で葦を刈った。嫁入りの行列を見る人の騒ぎ声が沼の方に近づいてきた。弟は姉と直に会えるのだと思った。幼い子供の頃から肌をこすり合わせて寒さをしのぎ、一つの餅を二つに割ってひもじさに耐え、越えてはならない垣根まで越え、本当に愛し合った仲だった。それが姉と弟だというだけで引き裂かれ、別々に暮らしている。あかぎれに当たる葦の葉の痛さも水の冷たさも苦にならず、いまか、いまかと行列を待った。

行列は沼の前に来て、姉がつのかくしのおおいを取り、あたりを見廻す。姉は眼をこらした。弟はいなかった。沼の中で一人、腰の曲がったやせた年寄りが昔ながらに葦を刈っていた。弟は沼の中に立ちすくんだ。姉は弟を見て、弟だと気づかなかった。

肥った女は一つ大きく息を吸い、止め、「なんて残酷」と怒ったように言う。

「すぐ眼の前に弟がいるのに気づかない。沼で働いて歳取ってしまったのよ。姉も弟もその日死んだ。姉は嫁ぎ先に着くまでに籠の中で死んだの。弟の方は沼の中で」

「沼でおぼれて?」

少女が訊く。

「さあ。どうかしら」

肥った女は言う。

「おぼれたんだろ。そいつは貧乏だから首つる為のロープを買えないから、沼の泥水をがぶがぶのんで、おぼれ死んだんだ」

少女は若者が当の弟だというように、「そうだよな?」と訊く。

若者は欲情したように少女の髪を手で撫ぜ、「バカ」と小声で呟く。

「バカじゃないだろ。俺に棄てられて死んだってうらむなよな」

少女は急に思いついたように、肥った女に「それで沼に幽霊が出るんだ?」と訊く。

第21章

「そうなの」

肥った女はうなずき、若者と少女が不幸な姉と弟ではなく、自分と鉄男がそのきょうだいの現せ身だというように見て、「酷い話」とつぶやく。

肥った女は立ち上がる。大きな部屋から出かかり、不意に鉄男に気づいたように振り返って「隣のわたしたちの泊まる部屋に来て下さらない」と言う。

「どうしたんだよ?」

鉄男は訊く。

肥った女は「いえ、理由はないの」と言って、床の間を前にして座った鉄男に、立ち上がれ、と促すように手を差しのべる。鉄男は立ち上がる瞬間、死んで腐り、骨だけになっていた体に筋肉が戻った気がする。肥った女は鉄男の筋肉の浮き出た腕を取った。

肥った女は次の間に鉄男を誘った。

「ほら、もう」

肥った女は同じように開け放った縁側を指差す。

隣の大きな部屋と変わらない庭の景色がある。

「ほら、もう」

肥った女は同じ言葉を繰り返す。

「見てごらんなさいな。あなたたちが来ているし、わたしが話をするものだから、興味津々。みんなこっちの方へ葉を傾け、にじり寄っている」


外に女の運転する車が停まったのが見えた。女はクラクションを鳴らした。縁側に立った鉄男を呼ぶように、鳴らし続けた。鉄男が外に出かかると、肥った女は「やめて下さいな」と言い、鉄男より素速く靴をはき、外に出る。肥った女は木戸を潜って外に出て、運転席から降りた女に「あなた、この家壊すつもり?」と言う。肥った女は怒りでわなわなと体を震わせる。

「大きな音で何度も何度もクラクションを鳴らせて。こんな古い家、壊れてしまいますよ」

「音で?」

女ははずしたキイをぶらぶら揺する。

「そうですよ。音で、ですよ。壊れちゃうわよ。それに、そんな音立てていると気づかれてしまう」

女はふんと顔をそらし、肥った女の背後に立った鉄男を見て、「なに、あなた、この人の味方なの」と強い口調で言う。鉄男は苦笑する。

「どうしたんだよ」

女は苛立ったように「どうしたんだよじゃないわよ」と言い、一層苛立つというように両手で髪をかき上げ、我慢出来ないというように、「こっちへ来て」と鉄男の腕を引く。

「苛々する。あなたまでこんな気違い女の話にまるめ込まれてるの」

肥った女は「まあ」と大声を出す。「気違い女だって。まあ、ひどい。わたしの事を気違い女だって」

「そうでしょ。違ったかしら」

肥った女は眼に涙を浮かべる。

「誰もそんな言い方しない。あの赤毛の子だって」

女はふんと鼻で吹く。

「あの赤毛の子が、じゃあなんと言ったのよ。ヘンなババアでしょ、風船デブでしょ。どっちも変わらないじゃない。いいえ、まだ気違い女の方がましじゃない」

「どうした？」

鉄男は女の口を封じるように、女の肩を抱いて訊いた。

「どうしたもこうしたもないわよ。それよりジュン、一人車に乗って。これから車で空港まで突っ走るから」

「どうしたんだよ」

女は顔を上げて鉄男の顔を見る。

「苛々する。前科三犯の気違い女の詐欺師のくせに、馬鹿丁寧な言葉喋って、人をだまして金を巻き上げる要領でジュンに近づいている。素顔は札つきの詐欺師」

「あら、じゃあ、あなたは前科何犯なの?」

肥った女はいまさっき涙を流したのが嘘のように、挑むような眼で女を見る。

女は鉄男を見つめる。欲情したように小鼻を広げ、こころ持ち口を開け、体を鉄男にこすりつける。

「あなたが他の誰より強いと思ったし、男の匂いがすると思って、四つ目を犯してみようと決心した」

そう言う女に肥った女が「わたしと同じ前科三犯だとはっきりおっしゃいな」と嘲るようにつけ加える。

「そう、前科三犯」

女は言う。

「驚いた?」

女は訊く。鉄男は廻した腕に力を入れ、女を引き寄せ、「驚かないよ」と言う。

「どうして？　ジュンも前科があるから？」

「そうだと言えばそうだし、そうじゃないと言えばそうじゃない。俺は何にでもなってやる。さっきは死んだ男の幽霊みたいに、あいつから扱われていたし、その前は神様さ」

鉄男は女の髪に顔をこすりつける。ベッドの上でそうしたように髪に鼻を埋め、香油と女の髪そのものが放つ匂いをかいでみる。花と果物の立てる甘い匂いと森の微生物の発する芳香のような物。鉄男は女の髪を唇で梳く。

「おまえらが前科三犯だと言うなら信じる。狂った妄想だったと言うなら信じる」

「本当に前科三犯」

鉄男は、それなら逮捕から拘置され、服役する過程を正確に言ってみろ、と言おうとしたが、前科三犯だという事の真偽を糺してもしょうがないと思い、「分かった」とうなずく。

女は、すぐ空港に行って飛行機に乗ろうと言った。

「ほら、パスポート」

女は鉄男に渡す。鉄男は「俺の？」と言い、中をめくってみて、女の亭主の物だと分かって苦笑する。二人の女の言う事の何が本当なのか、鉄男に定かでないのと同じように、鉄男の出所は二人の女には謎だ。鉄男が女を髪の匂いや体の温もりで確かめるように、女たちも鉄男の肌や筋肉の動きで鉄男を確かめる。

「似てるけどな」

鉄男がジュンの写真を言うと、肥った女が「あなたたちが行くなら、わたしも行く」と車のドアを開ける。女はその肥った女を突き飛ばそうとする。肥った女は、女の手を払い、「ここまで来て、わたし一人置いていかれたら、かなわんわ」と妙な言葉を使い、シートに座ってドアをしめる。肥った女はすぐそのドアにロックする。肥った女は手を伸ばして、残りの三つのドアを次々にロックする。

「何を言ってるの。わたし一人仲間はずれにして、どうなさるつもり」

肥った女はシートに背筋を伸ばして座り、ドアを開けようと力を入れる女に、ロックしているると指差す。肥った女は窓を少し開ける。

「言ってちょうだいな。わたしをどうして除け者にするのか」

「あなたがこの人に手を出すからよ」

「あら、そんな事」

「車で走って家に戻って、旅行用の服、トランクに詰めていて。あなたは単なる詐欺師じゃない。大詐欺師だって事、気づいたのよ。本当の嘘つき。ペテン師。仕事の仲間の亭主を、仲間を言いくるめてペテンにかけて、べたべたくっついてペロリとたいらげる。自分が肥っていて、それで若い男なんか相手にしてくれないから。いつも仲間をつくる時、ハンサムな恋人のいそうな人をさがす。ぐうたらな蜘蛛のような女」

「それ、誰の事」

「ジュンじゃないの」

「ジュンは女性ならみんな恋人だと思ってるわよ。髪のブローイングしてもらってる時、こんな素適な方に髪を触られてると、恋人に触られているように思ってしまうって言ったら、ジュンも、恋人の髪を僕は触ってるのですよ、と言ってた」

「風船デブ。仕事のリップ・サーヴィスでしょ」

女は車のドアを蹴る。鉄男は女を止める。

「ジュンは恋人よ。わたしの恋人。だからあなた、殺したんでしょ」

女は肥った女の言葉に煽られ、またドアを蹴りかかる。その時、「へえ、人殺しなんだ」と声がする。鉄男と女が振り向くと、木戸から若者と少女が出て来る。鉄男は「向こうへ行ってろ」と家の方をあごでしゃくる。

「置いて行くのかよ?」

若者が訊く。

「向こうへ行ってろ」

鉄男はまた言う。

「へえ、人殺しなんだ。この人、人を殺してんだ」

少女は鉄男を気にしないというように言い、車の中の肥った女に「風船ババア、がんばってるじゃん」と言って、窓を平手で叩く。

「がんばれ、がんばれ。けど、小便なんかタレるな。走っててお巡りにとっつかまって、風船ババアみたいにロックして閉じ籠《こも》った坊やがいてよ。がんばってたけど、小便タレちゃって。後がくさいの」

「タレか？」

若者は訊く。少女は「そう、タレ、タレ」と笑い出す。

「そいつ、ずっとタレって仇名で呼ばれている。だから風船ババアが小便タレると、風船ババアタレって、俺は呼んじゃうよ」

「ほんとよ」女は言う。「風船ババアタレだわ」

車の中で肥った女は「まあ」と声を上げ、開いた口を手でかくす。少女は肥った女の真似をする。

時間が経つに従って、女の気持ちが鎮まり、車の中に閉じ籠った女に、女の方が折れた。

「いいわよ。連れて行くわよ」

女はあきれ果てたというように溜息をつき、「あなたとは精神病院でも一緒だったから、仕方がないのね」と言い、車のドアを開けろと言った。

肥った女は最初信用しなかった。

鉄男が約束すると言って、初めてロックをはずした。肥った女は、女がドアを開けるなり、

「本当にすぐ出発する?」と訊く。女は黙ったまま、フジナミの市の地方新聞をボックスから取り出し、肥った女に渡した。新聞には鉄男の写真も名前も出ていないが、死亡した少年に直接バットを振ったのは、二人の女連れの男性だった、と目撃者の証言が書いてある。現場に二人の女性のクレジットカードで買った旅行用鞄や日傘が残っている。

「顔は割れてるわよ。ここに来るのも、わたしの家に来るのも、時間の問題」

「カード、わたしの名前じゃないわよ」

「だからすぐ問い合わせ、わたしとあなたが浮かび上がる」

女が言うと、肥った女は宙を見つめ、「そうなのォ」と溜息をつく。

「いやだわァ、わたし。金額にして十五万ばかりの詐欺で、また刑務所に行ったり、精神病院に行ったりするの」

「逃げましょ」

女は言う。

「ジュン、どこでもいいから、逃げましょ」

鉄男はうなずく。

「よし、どこへなりと行こう」

若者が「従いて行く」と言う。

肥った女が「あなたたち、後でいらっしゃいな」と言い、窓にかけた若者の手を取る。

「この家にしばらく住んで、戸締りして、パスポート出来てからシンガポールにいらっしゃいな」

第22章

若者は肥った女の手を払った。開いた窓から鉄男に、「連れてってくれよ」と言う。鉄男は若者に答えず、ボードの上にあったセキグチ・ジュン名義のパスポートを取り、見せる。

「何だよ?」

若者はむかっ腹が立ったように声を出す。

「パスポートが自分にあるってのか?」

若者は嘲る。

「自分のじゃなくて他人のじゃないか?」

若者は脇から車の中をのぞき込み、「馬鹿野郎」と怒鳴る少女の頭を突いてどけ、「連れてってくれよ」と言う。若者は車の中に顔を入れかかり、肥った女に、「駄目よ、あなた」と、突き戻される。頭が窓に当たり、音が立つ。「痛い」と若者は頭を押さえて顔をしかめ、女が車のエンジンをかけると、「連れていけよ」と怒鳴る。

「連れていってもいいじゃないか。どうせ二人の気違い女にうんざりするんだろ、一人ぐらい面倒見てやるから」

鉄男はけしかけるように女に、「気違い女と言ってるぜ」とささやく。

車のハンドルを握った女ではなく、肥った女がいきなり「人を気違いって、何様だと思ってるのよ」と怒鳴る。

その声に若者と少女が怒鳴り返した時、肥った女の家の隣の玄関が開き、男が「また騒いで。人を呼ぶぞ」と言う。男は玄関から出て、車の前に立つ。

「精神病院から来てもらうぞ」

男はボンネットに手をかけ、フロント硝子越しに車の中をのぞく。

肥った女は小声で「マリさん、走って」と言う。

「走り出さないわよ」

女は独り言をつぶやくように言う。

「ちょっと出てきたら、大騒ぎして」

男は鉄男の方へ廻る。男は閉めた鉄男の方の窓を叩く。鉄男が窓を開けると、男は「病院の仲間か？」と訊く。鉄男は苦笑する。

「どうせ、君もそっちの水島の娘と同じ、病院を出たり入ったりしている手合なんだろ？　騒ぐのだったら、すぐ病院から迎えに来てもらう。いきなり出てきて、昼日中から怒鳴り合われたら、普通の人間は迷惑だよ」

鉄男は男に「済みません」と謝った。その鉄男の顔を男は見る。

「ひとつも普通と変わっていないけどな」

男は呟き、顔を上げ、自分の家の玄関先に立っている女房らしい女に「電話するのはちょっと待て」と手を上げる。

「済みません」

鉄男はまた言う。男がその素直さに感心したように、鉄男に視線を戻す。男は憐憫の眼で鉄男を見る。

「頭の中味だけは外見では分からんからな。何か苦しい事があったのだ」

男は言い、車の中の肥った女に「水島さん、病院に電話もかけんから、どこにも行かないでしばらく静養したらどうです？」と声をかける。肥った女は不満げな声で「あら」と呟く。

「車に乗って走り廻っていたら、また病気がぶり返す。病院の先生も家でじっくり静養した方がいいって言ってたでしょうが」

突然、少女が「風船デブ、やっぱしヘンなんだ」と言って、車のボンネットを叩いて笑い出す。男は顔をしかめる。肥った女が小声で「タムタムみたいに車叩くの止めて下さいな」と言う。少女はボンネットを素手で叩き続ける。男は自分がからかわれているように、「狂ったら、自分が狂ってるのを分からんのだからな」と言う。

「止めて下さいな」と肥った女は小声で言い続けていた。

女が判断をまかせる、というように、ハンドルを握ったまま、鉄男を見た。鉄男は一瞬考える。今、アクセルを踏み込めば、車は若者と少女と、隣の家の男を怪我させる事なく振り切って、シンガポールめざして走れる。しかし若者と少女は、モーテルからここまでと同じようにオートバイに乗って従いてくる。隣の家の男は肥った女が同病の四人と共に狂って騒いでいると、精神病院にも警察にも通報する。

鉄男はパスポートを車のボードの中に納った。ドアの鍵に手をかけて開け、外に出た。男が見つめているのを知って、ことさら自分の健常さを誇示するように、胸をそらして立った。

「もう行かないのか?」

若者が訊いた。

「行かないのかよ?」

少女が訊く。

「行けないだろ」

鉄男は言う。

「いいじゃん、こんなヘンなオッサンの言葉なんか気にしなくったって」

そう言う少女に「おまえたちとやりとりしてると、俺まで狂ってくるんだよ」と言い、鉄男は自分を見つめる男に「少しだけどな」と言う。

「車の中の二人の女と比べたら、随分ましの方さ」

男は鉄男の言葉をまともに取り、「やはり季節の変わり目が具合悪いんだ?」と訊く。

「体はどうって事ないさ」

鉄男は笑い出したくなる。男は「そこの水島の娘も」と、まだ車の中にいる肥った女をあごで差す。

「いつも木の芽どきが一等おかしいと自分で言っている。体が重くなる、肩が凝る、頭が痛い、目がちかちかする。そんな事、言い始めたら、てきめんだな。しばらく姿を見ないなと思ったら、自分で病院に入ってるな。金があるから趣味のように精神病院を出たり入ったりしてる、と女房らは言うとるが」

男は鉄男にさぐるように訊く。

「皆、出たり入ったりしているのだろ？」

笑いをこらえながら「まあな」と鉄男が言うと、安堵するように、「金の有り無しで待遇が違うってじゃないか」と言う。

運転席から女が降りてから、肥った女は後部座席のドアを開けた。体が動きづらいらしく、肥った女はまるで貴夫人のように足をそろえてから降りる。腹によれ上がる上着のすそを押さえて立った肥った女を見て、男は「どこにも行かないで、しばらく家で静養したらいい」と声をかける。

その家に結局、若者と少女のパスポートとチケットが手に入るまで、約一週間いた。

家の中で最初肥った女が割り振ったとおり、若者と少女は二階の大きな部屋に泊まり、下で鉄男は一人、肥った女と女は二人、隣合った部屋で寝た。鉄男も女も自制して、ことさら清らかな神様と修道女たちのようにキスもしなかったが、肥った女の家に泊まって二日目に、自制のことごとく破れた。

一日目は二階で諍《いさか》い、夜遅くまで話を交わす声がしただけだったが、二日目の夜、それぞれの部屋に寝に入ってから、二階で明らかに、それと分かる声がした。声の間に言葉が入り、また声が波打つ。

鉄男は灯りを消した暗闇の中で、天井から洩れてくる声を聴いて混乱した。声は男と女の睦み合う物だが、普通の男と女ではなく、兄と妹の物だ。天井から声が洩れる程、大きい声を立てるのは、下に寝た鉄男や二人の女にわざと聴かせようとしていると思ったし、そうでないなら、男のような言葉を使う少女らしくなく、熟れた女以上に感度がよいのだと思い、女たちとの性交を思い出して眠れない。

闇の中で、兄と妹の睦み合いは、どんなふうなのか、鉄男は想像する。兄からすれば妹のすべてが可愛い。体の全て、仕種の全て、言葉の全てが、可愛い。普通の女なら鼻白むところも、妹なら違う。普通の女は他人だが、妹ならまるで自分の一部のような気がする。一緒に育ち、同じように成長してきたのだから、普通の女より沢山の事を兄の方は知っている。兄の方は、妹と睦み合ったり、性交を指弾される事をもっと知っている。

鉄男は、長く尾を引いて響く少女の快楽の声を聴きながら、もし自分に妹がいたとして、少女のように愉悦の波にひたるなら、必ず近親姦をやってみると思う。しかし近親姦が一等悪い罪だとも知っている。

少女の声と切迫したあえぐ若者の声は、人の世であってはならない悪徳の声だった。鉄男は悪徳の声に翻弄され、何度も寝返りを打つ。そのうち、体の中に言いようのない嫉妬と怒りが広がる。愉悦の声は続く。

第23章

隣の二人のいる部屋から話声が聴こえてきた。鉄男は二人が若者と少女の睦み合う声を聴き取って眠りそびれたのだと思った。

口で単に兄と妹の近親相姦と言うのはなんともないが、いざ実際に出会わすと、声が波打つたびに、その異様さに耐え難くなる。二人が若者と少女を追い払うかどうか、相談しているのだと思い、鉄男はその決定は家の持ち主の肥った女の仕事だと決め、寝返りを打ち、蒲団に頭を突っ込み眠りかかる。不意に隣の部屋の雨戸を叩く音がする。耳を澄ますと、肥った女の声がする。

雨戸が開けられる音と同時に、「わたし、あっちへ行くわ」と女の声がはっきり聴こえる。

女は自分の家にいるのと変わりないように、ネグリジェ姿でだだっ広い鉄男の部屋の中に立ち、「彼氏だってさ」と言う。女は鉄男の蒲団にもぐり込む。女は鉄男の腰に両手を廻そうとする。鉄男は腰を浮かす。女は鉄男を引き寄せる。

「うん。いい感じ」

女は鉄男の胸に頬を寄せる。それでももの足りないようにパジャマの胸のボタンをはだけ、素肌に頬をつけ、パジャマのズボンの中に手を差し入れる。女はブリーフの上から性器に手を当て、「いい感じよ」と言う。鉄男の性器は女に触られる前から、若者と少女の睦み合う声で勃起している。女の指がブリーフの合わせ目から中に入って来るのを焦れるように待ちながら、鉄男は「誰が来たんだよ?」と訊いた。

「彼氏」

女は性器をつかんで言う。女は「ちょうどいい」と言い、胸を唇で吸う。女は腰の下に廻した左手をブリーフの中に直に入れ、鉄男の尻の肉を触る。女はそうやってからまた、鉄男の胸を唇で吸う。

「大丈夫か?」

鉄男が訊くと、女は顔を上げ、隣の部屋の物音に耳をそば立てる。音は二階からしかない。少女の声はまだ続いている。

「大丈夫でしょう。彼女は子供じゃないもの」

女は思いついたというように、「ああ、あの人」と言う。雨戸を叩き、肥った女が嬉々として招き入れたのは、病院で一緒だったフジナミの市の市議会議長の息子だと言う。四十六歳になっても嫁の来手のない息子は肥った女の元に、ただ性のはけ口だけを求めて訪ねて来る。

「それで雨戸開けて入れてやったのか?」

鉄男は訊くと、女は「あの人も、これが好きなのよ」と鉄男の性器の先をぎゅっと握る。

「忘れてられる人、いるかもしれないけど、九割の人がわたしのように目がつり上がって来る。あの人もそうよ。いいえ、あの人の方がもっとすごい。あの人の事、うらんでる人が公衆便所って怒鳴った事あるくらい。古い家で親戚にお金持ちが何人もいるし、言葉遣いも上品だから、一見にはそう見えないけれど、つまりは男狂いなのよ。色気違いなのよ」

女はそう言い、鉄男にキスを求める。

「わたしも色気違いなんだから」

唇を離して女は「しよう」と耳にささやいた。鉄男は「ああ」と答え、肥った女が気がかりのまま、女のネグリジェをはだけた。

「なんか他人の家って、興奮する。上の二人もきっとそうね」

鉄男が、おおいかぶさるような姿勢の女の乳房に手を差しのべると、女はブリーフの合わせ目から右手を抜き、ズボンから手を出す。女の手が鉄男のズボンの端にかかった時、いつの間にか蒲団の脇に立った肥った女が「よして下さいな」と、声を出す。「どうして、あなたたち、そうなの」肥った女の声は裏返って震えた。

女はズボンをそのままにしようか、引き下げようかとためらうように手の動きを止める。一呼吸ほど考えて、女は鉄男の腹をぽんと叩き、はだけたネグリジェをかき合わせる。

「いいわよ。何もしないわよ」

女は憮然とした口調で言い、顔を上げ、暗闇に立った肥った女に「何？　あなた、いつものようにあの人救けてやるんじゃなかったの？」と訊く。

「いいえ」

肥った女は震え声で言う。「さっきも言ったでしょ。わたしはシンガポールへ行って、最初から人生やり直すって、そう言って帰ってもらった」

肥った女の話を折るように、「わたし、向こうの部屋に行かないから」と、女は言う。「恋人同士が別々に寝るなんて不自然よ。そうじゃなかったら、わたしとジュンはこの家、出て行く」

肥った女は顔を両手で押さえ、すすり泣き始める。

「泣いてごまかしたって駄目。わたしはあなたの言いなりにならない」

女は肥った女をにらみつける。肥った女はすすり泣き続ける。

「立って、わざとらしく泣かないで。座るなら座りなさいよ。向こうで一人で寝るなら寝なさいよ。じれったい」

女は言い、ふと思いついたというように鉄男を見、肥った女に視線を移し、「あなたが昼間話してあげたから、わたしがあなたの話をしてあげるわ」と言う。

「わたしが狂っていたという事？」

肥った女が訊くと、女は鉄男の手を取って、ニヤリと笑い、「シンガポールでの保険金殺人の計画」と言う。

肥った女は座りかかり、鉄男は闇の中でひじをついて体を半分起こす。

女の白い手が鉄男のはだけた腹を撫でる。

「保険金殺人」

女は、秘密は性の臭いがするというように、喉の奥で立てた息の多い声で言う。鉄男の腕に体をうち当てながら、座った肥った女は、「この前、あなたが言っていた事？」と訊く。肥った女は闇の中で鉄男ににじり寄る。肥った女の手が足に置かれる。

「ジュンに保険かけたの？」

肥った女の言葉に鉄男は、「二人で俺を殺して、金もうけしようと言うのか？」と笑うと、女は「違うわよ。こんなライオンみたいな人をどうやって殺すのよ」と言う。女は腹の皮膚をつめで優しくかく。

「この人、この水島さん。この人しか考えられない。いいこと？　いまその水島さんがここにいて、話を聴いていると考えないで話するのよ、ジュン。あなたの本名、誰だったっけ？」

「鉄男」

鉄男はぶっきら棒に言う。

「そう、鉄男、さん」

女は言い難そうに、区切る。

「鉄男、さん。嘘か本当か分かんない話だし、わたしたち、すぐこんがらがるから、名前だけでも本名で呼ぶわね。鉄男さんを最初に見てすぐに、この人は持ちかければ何でも出来る人だと思った。顔はハンサム、体はライオン。お金欲しい？　そう、お金はこの水島さんが持っている。いいえ、わたしも、水島さんにはかなわないけれど、お金は持っている。養護院から里子に出たと、鉄男さんは生い立ちを言うけど、知り合ってからずっと観察してると、確かにそんな風な気がする。それで、わたしの親友で、何でも一緒にやりたがる水島さんを殺さないかと持ちかけた。というのも、いつもわたしの顔見るたびに、退屈なフジナミの市で、天気の加減で狂って苦しんでるなら、いっそ死にたいと言ってる」

「あら、お互い様じゃないかしら」

肥った女はそう言って、鉄男の足に置いた手を離す。肥った女は服のホックをはめているのか、ぶらぶらと音が立つ。音が止んでまた鉄男の足に手が置かれる。

「この人の事、知ってる？　この人の事は、昔からフジナミの市に住んでいる人なら誰でも知っている。昔なら、わたしや鉄男、さんが顔もまともに見られなかったような人。この近辺は皆、この人のお父様の持ち物だったたって。この人のお父様が産まれた時、皆、ちょうちん行列して喜んだ、というくらいのすごい騒ぎ。この人が産まれた時だって、三日三晩、ドンチャン騒ぎの宴会だったって言ってる」

「昔の事、一つも覚えていない」

肥った女は言う。

「この家、昔、どんな家だったか知ってる?」

女が言いかかると、肥った女は「そんな事」と、つぶやく。

「このあたり、沼と森しかなかったの。その中に、一軒だけぽつんとあったたって。水島の家の避病院。どんな病気の人が住んだのか分からないけれど」と女が言うと、「結核でしょ」と肥った女は言う。

「それともわたしのような気違いか」

「そう」女は言って溜息をつき、「この人、ここへ来て住み始めた時、綺麗だったらしいわよォ」と言う。

「あら」肥った女は言う。「いまは違うみたいじゃない?」

「いまもそうだけど」女はあわてて言う。

「結局、この家、わたしに向いているのね。ここに来てからずっと薬飲んでいるから、ホルモンのバランスで三十キロぐらい増えたまま」

女が、肥った女の手が鉄男の足の筋を撫ぜているのに気づく。

「あなた、何故死にたいか、どうして殺してもらいたいか、いま、ここで鉄男さんに言いなさいよ」

女の唐突な言葉に肥った女は「殺してもらいたいなぞと言ってない」とつぶやく。肥った女の手が急に宙に浮き、ぼたりと音を立てて鉄男の下腹部に下りる。

「心中したいと言ってるだけ」

「心中？」

鉄男は肥った女のぬいぐるみのような手を取る。手は持ち上げると意思のないように動く。二階の若者と少女の睦み合う声を耳にして以来、勃起しっぱなしの性器の上に、鉄男はぬいぐるみのような手を置く。

「シンガポールで心中しようってか？」

鉄男はぬいぐるみのような手に、臆せず勃起した性器を握れと物言うように腰を突き出す。肥った女は指にゆっくり力を入れ、ズボンの上から性器を握る。

第24章

女は、鉄男と肥った女の動きに気づいていなかった。肥った女はパジャマのズボンの上から鉄男の性器を握っておし黙ったまま、鉄男の問に答えなかった。

「心中しようってか?」

鉄男はまた訊いた。肥った女のぬいぐるみのような手が、性器を握ったまま、動かないので、鉄男は笑った。考えてみれば妙な光景だった。闇の中でひじをついて枕にし、寝ころんだ鉄男の体に触れて、二人の女はいる。女らが繰り返し言っているように、精神病院に入るほど狂っているせいでそう幻想を抱くのか、冗談なのか、本気なのか、まるで鉄男は生きた若い神様のように、女らにまといつかれているのだった。

若い屈強な神様の股間に触れてしまったぬいぐるみのような手は、性器に驚いたのか、勃起に驚いたのか、それとも大きさに驚いたのか、握ったまま動かない。鉄男はぬいぐるみのような手に、どうにかしろと伝えるように、性器に力を入れて動かした。それでも何の変化もないので、腰を突き出した。ぬいぐるみのような手は動かない。肥った女は動かない。鉄男は闇の中で声を立てずに笑った。

「心中しようってか?」鉄男はまた言った。「あの葦刈のきょうだいみたいに」

鉄男が言うと、女が笑った。つられて笑う鉄男の声が洩れると、肥った女は「違うの」と呟く。

「何だよ?」

鉄男は訊いた。

「心中したいのよ」

鉄男は肥った女の言い草に、不意に腹立ち、性器を握ったぬいぐるみのような手を払い、舌打ちする。

「死ぬとか、殺すなんて考えない方がいいさ」

鉄男はそう言って女の膝に頭を乗せ、すぐおおいかぶさるように顔を擦り寄せる女とキスをする。二人の顔が逆さまになっているので、唇がうまく合わない。唇を離した途端、唾液を吸い取った女は鉄男の鼻の頭にこぼす。女の性器から流れ出す鉄男の精液を思い出す。指でぬぐい、女のはだけたネグリジェからこぼれ落ちそうになっている乳首になすりつける。女はその指をつかむ。鉄男は部屋の暗がりの中で女に指を握られ、女の性器に自分の性器がつかまったような気がした。

女は鉄男の指を、いまさっき触った乳首の方に持っていく。鉄男は指の先で乳首を突く。乳首は固くなり、指を弾き返そうとする。女が息を詰め、こらえきれなくなって声を立てるのを聴いて、鉄男は昼間肥った女と一緒に幻想とも、冗談とも本気ともつかない事を話している女とは別人のような気がした。いや、別人のようだからこそ、女にも肥った女にも、つきそっていてやれる。鉄男は女の乳首を指一つでさいなむように強くこすりながら、女は里子に出された先の魚屋の内儀のような気がしたし、養護院の女教官のような気がした。百の言葉より裸になって確かめ合う性の方が信用出来る。いや、それを言うなら、鉄男は性に関しては絶対の自信がある。女はその鉄男を煽るように唇を吸い、鼻をなめ、まぶたをなめる。

女が急に顔を上げた。いきなり電灯が点いた。

肥った女は壁のスイッチに手をかけたまま、蛇が絡まるように裸同然で抱え合っていた二人をにらみ、「わたしを何だと思ってるのよ」と怒鳴る。興奮のために声が裏返り、肥った女はそれにじれるように壁を平手で叩く。

「セックスなんてやめてちょうだいと言ってるでしょう。ここでセックスしてどうするのよぉ。この家でセックスして、どうするのよぉ」

鉄男は、肥った女が二人しか分からない事を言い始めたのだと思って、鉄男の体にのしかかった女の顔を見る。女は予測しなかった事態だというように鉄男を見て、体を起こし、ネグリジェのホックをはめ始める。一番上のホックに指が移った時、急に手が震える。はめられないから手助けしてくれ、と無言で言うように鉄男に胸を突き出す。鉄男が乳首をなぶるように一番上の胸のホックをはめてやると、女は蒲団から離して置いた鉄男の服を取り、パジャマから着替えろと差し出す。

「着替える？」

鉄男が服を受け取ると、女はいきなり、「もう気違い女の言いなりにならないわよ」と怒鳴る。「ああ、あなたはわたしがジュンを殺すのを見ていた。ジュンを埋めるのも見ていた。いいえ、御親切にも御自分だって罪になるのに、手伝ってくれた」

「あなた、狂ってらしたから」

肥った女は硝子玉をはめてでもいるようにまばたきせず、女を見つめたまま静かに言う。

「狂ってた？」

女はそう言ってから、鉄男を見る。

「早く着替えて」

女は普段の口調で言う。

「わたしはこれでいいけど、男のパジャマ姿、あんまり好きじゃない。普通の家の人みたいで感じが鋭くない」

鉄男はシャツを持ち、「着替えるのか？」と訊く。

「そう」女は言い、鉄男の手からシャツを取って広げる。「さあ」と女がいった時、二階にいた若者と少女が階段を音立てて降りて来る。

「どうしたんだ？」と声をかけて部屋に入ってきた若者と少女を見て、肥った女は眼をそらし、鉄男と女は唖然とした。若者も少女も素っ裸だった。人の眼には見えない服を着ているように前を隠しもせずに鉄男のそばに立ち、「どこかに行くのかよ?」と訊く。鉄男は少女の裸を上から下まで見た。鉄男の視線に気づいて、若者の体に身を隠しかかり、少女は若者に「なんだ」と頭を小突かれる。少女は条件反射のように若者の腹を拳で一つ殴り、「見せてやろじゃないか」と鉄男の前に立ち、股を開く。

「俺、ずっとこいつに言ったんだ。お前、あんたと姦るのが本当だって。それでやっといまさっき納得した」

若者が言うと、少女は子供がやるように股を開いて腰を突き出し、「ほら、見てみなよ」と、鉄男に言う。

「ああ、見えた」

鉄男が言うと、若者は「どこかへ行くのか?」と訊く。

「さあ」鉄男が言うと、女は「誰が正気なの?」と呟く。

「どこにも行かないよな。信者四人も出来てるのに」

若者は言って、少女の肩を押さえ、鉄男の脇に座り込む。女が「何、あんたたち……」と声を出した時、突然、肥った女は壁を両手で叩き、「やめて、やめてって言ってるでしょう」と大声で怒鳴り始めた。「やめてちょうだい。ごしょうだから、やめて、やめてちょうだい」肥った女は腕いっぱい両手をのばし、壁を叩き続ける。鉄男が女を見ると、女はシャツを持ったまま、「そんな声出していたら、また警察が来る」と呟く。

「狂ってる？」

若者は女に訊く。女は答えないでゆっくりと立ち上がりかかる。

「狂ってるよな、あれ。狂ってるよ」

若者は、壁を叩き、同時に頭をぶつけ始めた肥った女を見て言い、少女に「狂っちまってるよ」と笑いかける。少女は若者の裸の腹に髪をこすりつけ、「眠くなっちゃった」と言う。

女は立ち上がった。

「やめてちょうだいな。やめてって。やめてって言ってるでしょ」

同じ言葉を繰り返し、両手で壁を叩き、頭を打ちつける肥った女の背後に近づき、いきなり腕をつかむ。肥った女は顔を上げて女を見、「邪魔しないで下さいな」と激しい剣幕で怒鳴る。

「何言ってるのよ。あなたが怒鳴ると迷惑よ」

女は肥った女と変わらない声で怒鳴り、ぬいぐるみのような肥った体を突く。肥った女はよろけるが、素速く体を立て直し、いきなり裏口の方に駆け出す。電灯が点いているのは鉄男に割り振られた部屋だけだったから、家の中は暗かった。裏口の方で、肥った女が体を打ちつけ、物の落ちる音がする。すぐに壁を叩き、「やめて下さいな」と怒鳴る声がし始める。その音と怒鳴り声に呼応するように、外から雨戸が叩かれた。

「水島さん、どうしたんですか？　水島さん」

声が聴こえ、耳をそば立てていた女は「隣の家の人」とささやき、鉄男に手招きした。はだけたパジャマ姿のまま鉄男が立ってそばに寄ると、女は壁のスイッチを切った。

「真っ暗」

少女が言い、若者が察して「シーッ」と口を閉ざせと合図する。

「じゃあ、ここで寝よ」

少女が言う。女は鉄男の手を引いて、壁を叩き、怒鳴り続ける肥った女の方に行く。

「水島さん、エリさん。やっぱりわたしたち、みんなでシンガポールに行きましょうよ。あなたがいないとさみしい。みんな、あなたのお話聴きたい。いい香りのする花、ブーゲンビリアだったかしら、プルメリアだったかしら、マグノリアかしら」

女は息の多い声でささやくように言う。

「みんなで行きましょうよ。保険金殺人事件って、あなたの考えて下さったお話、シンガポールだったら素適」

P+D BOOKS ラインアップ

おバカさん	遠藤周作	●純なナポレオンの末裔が珍事を巻き起こす
宿敵 上巻	遠藤周作	●加藤清正と小西行長 相容れない同士の死闘
宿敵 下巻	遠藤周作	●無益な戦。秀吉に面従腹背で臨む行長
銃と十字架	遠藤周作	●初めて司祭となった日本人の生涯を描く
焰の中	吉行淳之介	●青春=戦時下だった吉行の半自伝的小説
親鸞 1 叡山の巻	丹羽文雄	●浄土真宗の創始者・親鸞。苦難の生涯を描く
親鸞 2 法難の巻（上）	丹羽文雄	●人間として生きるため妻をめとる親鸞
親鸞 3 法難の巻（下）	丹羽文雄	●法然との出会い……そして越後への配流

P+D BOOKS ラインアップ

親鸞4 越後・東国の巻（上）	丹羽文雄	●雪に閉ざされた越後で結ばれる親鸞と筑前
親鸞5 越後・東国の巻（下）	丹羽文雄	●教えを広めるため東国に旅立つ親鸞
親鸞6 善鸞の巻（上）	丹羽文雄	●東国へ善鸞を名代として下向させる親鸞
親鸞7 善鸞の巻（下）	丹羽文雄	●善鸞と絶縁した親鸞に、静かな終焉が訪れる
天を突く石像	笹沢左保	●汚職と政治が巡る渾身の社会派ミステリー
浮世に言い忘れたこと	三遊亭圓生	●昭和の名人が語る、落語版「花伝書」
噺のまくら	三遊亭圓生	●「まくら（短い話）」の名手圓生が送る65篇
居酒屋兆治	山口 瞳	●高倉健主演作原作、居酒屋に集う人間愛憎劇

P+D BOOKS ラインアップ

P+D BOOKS ラインアップ

魔界水滸伝 6	栗本 薫	●地球を破滅へ導く難病・ランド症候群の猛威
魔界水滸伝 7	栗本 薫	●地球の支配者の地位を滑り落ちた人類
魔界水滸伝 8	栗本 薫	●人類滅亡の危機に立ち上がる安西雄介の軍団
魔界水滸伝 9	栗本 薫	●〝人間の心〟を守るため自ら命を絶つ耕平
どくとるマンボウ追想記	北 杜夫	●「どくとるマンボウ」が語る昭和初期の東京
少年・牧神の午後	北 杜夫	●北杜夫 珠玉の初期作品カップリング集
剣ケ崎・白い罌粟	立原正秋	●直木賞受賞作含む、立原正秋の代表的短編集
残りの雪（上）	立原正秋	●古都鎌倉に美しく燃え上がる宿命的な愛

P+D BOOKS ラインアップ

今も時だ・ブリキの北回帰線　立松和平　●全共闘運動の記念碑作品「今も時だ」

親友　川端康成　●川端文学「幻の少女小説」60年ぶりに復刊！

幻妖桐の葉おとし　山田風太郎　●風太郎ワールドを満喫できる時代短編小説集

わが青春 わが放浪　森 敦　●太宰治らとの交遊から芥川賞受賞までを随想

剣士燃え尽きて死す　笹沢左保　●青年剣士・沖田総司の数奇な一生を描く

北京のこども　佐野洋子　●著者の北京での子ども時代を描いたエッセイ

（お断り）

本書は１９９６年に集英社より発刊された中上健次全集13を底本としております。

あきらかに間違いと思われるものについては訂正いたしましたが、

基本的には底本にしたがっております。

また、底本にある人種・身分・職業・身体等に関する表現で、現在からみれば、

不当、不適切と思われる箇所がありますが、著者に差別的意図のないこと、

時代背景と作品価値とを鑑み、著者が故人でもあるため、原文のままにしております。

『大洪水』は扶桑社発行の週刊誌「ＳＰＡ！」に１９９０年６月13日号から１９９２年２月26日号

まで連載されていた作品ですが、著者逝去のため、中断のまま未完となった作品です。

中上健次（なかがみ けんじ）

1946年（昭和21年）８月２日―1992年（平成４年）８月12日、享年46。和歌山県出身。1976年『岬』で第74回芥川賞を受賞。代表作に『枯木灘』など。

P+D BOOKS

ピー プラス ディー ブックス

P+Dとはペーパーバックとデジタルの略称です。
後世に受け継がれるべき名作でありながら、現在入手困難となっている作品を、
B6判ペーパーバック書籍と電子書籍で、同時かつ同価格にて発売・配信する、
小学館のまったく新しいスタイルのブックレーベルです。

大洪水（上）

2016年2月13日　初版第1刷発行

著者　中上健次
発行人　田中敏隆
発行所　株式会社　小学館
〒101-8001
東京都千代田区一ツ橋2-3-1
電話　編集 03-3230-9355
販売 03-5281-3555
印刷所　中央精版印刷株式会社
製本所　中央精版印刷株式会社
装丁　おおうちおさむ（ナノナノグラフィックス）

ISBN978-4-09-352254-0

P+D BOOKS